PAPA MULOT

PIÈCE EN TROIS ACTES

Représentée pour la première fois, à Paris, au théâtre ANTOINE,
le 12 février 1904.

DU MÊME AUTEUR

L'Enfant du miracle, comédie en trois actes, en collaboration avec M. Paul Gavault (*Athénée-Comique*).

Mademoiselle Josette, ma femme, comédie en quatre actes, en collaboration avec M. Paul Gavault (*Gymnase*).

ROBERT CHARVAY

PAPA MULOT

PIÈCE EN TROIS ACTES

PARIS. — Ier

P.-V. STOCK, ÉDITEUR

(Ancienne Librairie TRESSE & STOCK)

155, RUE SAINT-HONORÉ, (PRÈS *la Civette*)

Devant le Théâtre-Français

1907

ROBERT CHARVAY

PAPA MULOT

PIÈCE EN TROIS ACTES

PARIS. — Ier
P.-V. STOCK, ÉDITEUR
(Ancienne Librairie TRESSE & STOCK)
155, RUE SAINT-HONORÉ, (PRÈS *la Civette*)
Devant le Théâtre-Français

—

1907

Tous droits de traduction, de représentation et d'analyse réservés pour
tous les pays, y compris la Suède et la Norvège.

PERSONNAGES

FELIX MULOT. . . . . MM.	A. Antoine.
WILLIAM RICARD	Desfontaines.
DUMERSAN	Mosnier.
MAITRE LETOURNEUX.	Signoret.
PICHERY	Matrat.
UN CLERC DE NOTAIRE	Berthier.
MADAME MULOT. . . . . Mmes	Milher.
MARIE MULOT.	Jeanne Lion.
JUSTINE.	Luce Colas.

Les trois actes se passent à Paris, chez Mulot.

PAPA MULOT

ACTE PREMIER

Une salle à manger. Mobilier modeste. Une porte au fond,
une à droite, deux à gauche, à un seul battant. Au premier
plan, à droite, une cheminée où le feu est allumé. Au fond,
à droite, une fenêtre, puis un cartonnier à casiers verts. Au
fond, à gauche, un buffet. Au centre, une table recouverte
d'une toile cirée. Chaises. Près de la cheminée un fauteuil.
Sceau à coke, bouillotte et théière devant le feu.

SCÈNE PREMIÈRE

MULOT, RICARD.

Au lever du rideau, Mulot et Ricard sont attablés se faisant
vis-à-vis. Mulot est en veston de chambre et en pantoufles.
Sur la table, des dossiers, un grand livre de comptabilité.
Ils travaillent. Un abat-jour vert les éclaire.

RICARD, levant la tête.

J'ai beau vérifier, monsieur Mulot... Toujours
même total. Résultat d'ensemble exact sauf sur l'a-

voir de septembre, une erreur de dix-sept francs quatre-vingt douze centimes... en moins.

MULOT, s'arrêtant d'écrire.

C'est bon, Ricard, c'est bon !... Laissez-les tranquilles pour l'instant, ces diables de dix-sept francs. C'est à moi qu'ils auront à faire tout à l'heure. Il faudra bien que je les déniche avant de me coucher.

RICARD.

Précisément j'aurais voulu vous épargner cette fatigue.

MULOT.

Bast ! Ne vous cassez pas la tête. La mienne est plus vieille, et partant plus dure. (Regardant la pendule.) Onze heures passées !... Vous avez fichtre bien gagné le droit de ne plus voir clair dans vos chiffres. Trois heures de comptabilité en partie double, après dîner, un dimanche soir ! c'est gentil ça, mon garçon !

RICARD, se levant.

Tous les dimanches, Dieu merci, ne tombent pas la veille d'un inventaire général. (Souriant.) Et puis, que dirait-on demain à la Banque Dumersan, si je remettais de votre part une balance incomplète ?

MULOT.

Dam ! On dirait que le père Mulot est mort avant d'avoir eu le temps de mettre au net ses additions... et ce serait la vérité. Mais ne craignez rien, mon cher William. Bien que patraque, le vieux bonhomme de caissier est encore capable d'aligner ses chiffres. Je terminerai cela, cette nuit, bien doucettement, en buvant de la tisane.

Il prend au coin du foyer la théière qui chauffe, verse dans une tasse et boit.

RICARD.

Sérieusement, monsieur Mulot, je ne vous trouve pas raisonnable... Quand il y a quinze jours vous avez été surpris par cette attaque légère, vous avez prié notre patron, monsieur Dumersan, de faire transporter ici ses livres de comptabilité. Vous avez mis comme un point d'honneur à ne pas interrompre votre travail de caisse. Peut-être eût-il été plus sage, puisque vous êtes mal portant, de laisser momentanément de côté tous ces chiffres, pour ne vous occuper que de votre santé.

MULOT.

Allons donc! La cervelle est encore saine si les jambes ne valent plus grand'chose. Je n'ai en somme qu'à faire le paresseux dans mon fauteuil pour que ces satanés étourdissements me laissent à peu près en repos... D'ailleurs, tenez... En m'imposant ses drogues, le docteur a insisté sur ce qu'il appelle « l'hygiène morale »... Pas de mauvais sang surtout, m'a-t-il recommandé, pas de tribulations, une entière liberté d'esprit... et patati... et patata... c'est très simple, n'est-ce pas ?... Eh bien, vous me croirez William. (Il montre le grand livre.) Quand je plonge mon vieux nez là-dedans, les petits tracas de la vie s'effacent pour moi. J'oublie... ce qu'il faut oublier. Je me sens satisfait des autres, et, ma foi presque content de moi... Vous le voyez, mon ami, j'avais raison de vous le dire ! le travail aussi... ça rentre dans mon traitement.

RICARD.

Vous êtes un homme excellent, monsieur Mulot... le plus digne que je sache d'être heureux.

MULOT.

Heureux ! Eh mais ! Je le suis... heureux autant

du moins qu'il est permis de l'être en ce bas monde !
Voyez plutôt autour de moi... Madame Mulot est
une brave et méritante compagne que j'aime bien,
qui m'aime bien... Depuis bientôt trente ans que
nous vivons côte à côte elle est faite à mes défauts
comme j'ai l'habitude de ses qualités... Ma chère
Marie est une bonne petite fille modeste, simple,
courageuse qui apportera un jour en dot tous ces
mérites solides à l'honnête garçon qui l'épousera...
J'ai quelques vrais amis... pas beaucoup... comme
vous. Nous ne sommes pas riches, mais les six mille
francs que je gagne chez Dumersan nous mettent
largement à l'abri du besoin... Depuis soixante ans
et plus... sans parler de cette misère actuelle... je
me suis porté comme un chêne... Bref, mon bon
William, sans en être, hélas, aussi digne que vous
voulez bien le penser, je ne puis que constater une
chose... c'est que je suis heureux, très heureux...
Au fait, et vous ?

RICARD.

Oh ! moi... c'est différent. Je ne me plains pas,
certes... Je ne veux pas me plaindre, mais je suis
loin de professer votre philosophie...

Il allume une cigarette à la lampe.

MULOT.

Comment cela, mon cher enfant ?

RICARD.

Voici... Aussi bien est-il loyal que je vous dise
aujourd'hui toute la vérité, toute la vérité... je vous
la dois.

MULOT, protestant.

Mais...

RICARD.

Ecoutez-moi, vous me ferez un grand plaisir.

SCÈNE II

LES MÊMES, JUSTINE.

JUSTINE, elle porte une pile d'assiettes et de couverts qu'elle pose d'un coup sur le buffet et qu'elle se met à ranger tout en parlant.

Ouf!... Ça n'est pas malheureux!

MULOT.

Qu'est-ce qui vous arrive, Justine?

JUSTINE.

Il m'arrive... que ma vaisselle est faite donc, ma cuisine en ordre, la bouillotte sous votre édredon, et que, dans cinq minutes je serai dans mon lit...

MULOT.

Alors, bonsoir ma fille, et bonne nuit.

JUSTINE, s'approchant du foyer et soulevant le couvercle de la bouillotte.

Au moins, avez-vous encore assez d'eau chaude pour vos quatre fleurs? Oui. (Elle se relève.) Et ce pauvre, monsieur William que tout le monde oublie ici. Je parierais que vous n'avez pas tant seulement pensé à lui offrir un grog de toute la soirée... j'en suis sûre et certaine...

MULOT.

Ma foi!... J'avoue...

RICARD.

Merci, merci bien, c'est inutile.

JUSTINE.

Allons donc! Ça vous mettra du cœur au ventre

1.

pour rentrer chez vous. (Elle va au buffet, prend un litre d'eau-de-vie entamée et prépare un grog.) Vous n'avez pas l'air de vous douter qu'il gèle à pierre fendre dehors et qu'il fait ce soir un verglas d'enfer... Quand je suis descendue tout à l'heure, pour les ordures, j'ai cru que nous allions prendre mon seau et moi un billet de parterre numéro un...

MULOT, inquiet.

Sapristi ! mais alors, comment diable ! ces dames vont-elles faire pour revenir ?... Minuit moins le quart, il y a près d'une heure qu'elles devraient être ici...

Ils vont tous trois à la fenêtre, soulèvent les rideaux et regardent dans la rue.

RICARD.

Il n'y a pas à vous inquiéter... ce retard s'explique... Tenez, les voitures vont au pas.

JUSTINE.

C'est égal... en voilà un fichu temps pour aller dîner à Montrouge ! La sœur de monsieur, toute exigeante qu'elle est, aurait bien pu, pour une fois, se passer de madame et de mademoiselle, avec ça que c'est pour elles, une si agréable partie de plaisir, même quand il fait beau !

MULOT.

Voulez-vous vous taire, mauvaise langue ! Vous savez bien que ma pauvre vieille Rosalie n'a plus guère que cette satisfaction-là, dans la vie... à soixante-quinze ans ! (A Ricard.) Un de mes gros chagrins, mon ami, c'est de n'avoir jamais pu décider ma sœur à venir partager notre modeste existence. Délicatesse ombrageuse des vieux ! Ne s'est-elle pas imaginée qu'elle nous serait à charge !

JUSTINE, entre deux tons.

Ou encore elle préfère garder pour elle **toute seule** ses onze cent francs de rente... en en faisant profiter cette horreur de garde-malade qui la gruge...

MULOT.

Qu'est-ce que vous avez encore à marmotter entre vos dents, vous ?...

JUSTINE.

Rien... rien... Je ne dis qu'une chose, c'est que monsieur est bon... bien trop bon, et qu'il a la manie de ne voir autour de lui que des honnêtes gens.

MULOT, avec reproche.

Justine !

JUSTINE.

Après tout... monsieur a raison... Ça ne me regarde pas... et comme ça ne servirait à rien que je reste la plantée sur mes jambes à attendre madame et mademoiselle... je vais me coucher moi... Bien le bonsoir.

Elle sort.

MULOT et RICARD.

Bonsoir !

SCÈNE III

Les Mêmes, moins JUSTINE.

MULOT.

Brave fille, que cette Justine...

RICARD.

Un peu familière...

MULOT.

Bast!... chez nos domestiques à nous autres pauvres gens, la familiarité, c'est encore l'une des formes du dévouement...

RICARD, à part.

La plus désagréable!

MULOT.

Mais cette bavarde vous a interrompu William.
Vous paraissez avoir quelque chose de sérieux à me
dire.

RICARD.

Oui, monsieur Mulot... il y a quelque temps déjà
que je cherchais l'occasion de vous faire ma confession...

MULOT.

Votre confession ?

RICARD.

Générale...

MULOT.

Générale... alors je prépare une absolution plé-
nière ; parlez, mon fils.

RICARD.

Mon Dieu, voici... Il y a de cela six années, monsieur Mulot vous ne me connaissiez pas encore...
j'avais vingt-quatre ans... je perdis ma mère... elle
était veuve. Depuis mon enfance son affection ja-
louse, avait créé le vide autour de notre foyer... Du
jour au lendemain, je me trouvai donc seul au
monde, sans parents, sans amis... La réalisation de
mon petit avoir me mit entre les mains une cen-
taine de mille francs... de quoi végéter, ici. Aucun
lien sérieux ne me rattachait à la France. Je réso-

lus de m'expatrier. J'étais d'esprit assez aventureux... je rêvais la vie indépendante et large... la médiocrité me faisait horreur... Dans notre siècle le million est roi... c'est lui que je m'étais juré d'atteindre...

MULOT.

Voyez-vous ça...

RICARD.

Je m'embarquai pour l'Amérique, cette terre des fantastiques spéculations, des miraculeuses fortunes... Pendant trois ans à San-Francisco je jouai la partie en beau joueur risquant le tout pour le tout, sur une seule carte... A deux reprises il ne tint qu'à moi de faire Charlemagne avec un joli bénéfice. Je ne le jugeai pas suffisant... que vous dirais-je ?... Au moment psychologique l'affaire des mines où j'étais engagé jusqu'au cou, s'effondra. En quelques heures, mes actions tombèrent à rien... La débâcle !... Il me restait mon argent de poche, deux ou trois cents dollars et l'habit que j'avais sur le dos.

MULOT.

Pauvre garçon !

RICARD.

Je revins en France... J'étais sur le pavé... Un hasard heureux me mit sur votre route... Il vous plût de vous intéresser à moi... grâce à vous, j'obtins chez un banquier, M. Dumersan, un poste honorable. Employé à la comptabilité sous vos ordres, je gagne modestement ma vie... J'ai trente ans... vous me connaissez à fond... Depuis trois années vous m'avez vu à l'œuvre, à vos côtés... J'ai la prétention aujourd'hui, d'être un garçon sensé, pratique, voyant la vie comme elle est... J'éprouve pour vous la plus grande somme d'estime qu'il n'ait été donné jamais de ressentir pour aucun homme... Je ne crois pas être antipathique à madame Mulot... J'ajoute qu il n'est pas de jeune fille au monde qui plus que mademoiselle Marie me paraisse digne d'une affection sérieuse... Puisque aussi bien je crois que vous avez deviné mes projets, mon cher monsieur Mulot...

MULOT.

Allez... allez...

RICARD.

J'ai l'honneur de solliciter officiellement ce soir la main de mademoiselle votre fille...

MULOT.

Ricard... je ne vous demandais pas la confession que vous venez de me faire spontanément... Elle prouve la loyauté de votre caractère... j'en suis touché... je vous en remercie... mais avant de vous répondre permettez-moi, une question... une seule...

RICARD.

Je suis à vos ordres...

MULOT.

William, vous avez fait jadis un rêve de fortune... Etes-vous sûr, mon ami, de ne rien regretter de vos illusions ?

RICARD.

Le passé est mort... bien mort... Je n'ai pas de regrets, de même que je n'ai plus d'espérances...

MULOT.

Vous êtes encore bien jeune... Si vous entrez dans notre famille, songez-y... vous vivrez comme j'aurai vécu... très simplement...

RICARD.

J'ai voulu être riche... Je me contenterai d'être heureux.

MULOT.

Votre main, mon enfant... vous avez mon consentement... Mais vous savez que cela ne suffit pas...

RICARD, souriant.

Assurément... Mademoiselle Marie...

MULOT, même jeu.

Oh! mademoiselle Marie... ne fût-ce que pour ne pas me désobliger, je crois pouvoir affirmer qu'elle ne me désobéira pas... Non, William, c'est de madame Mulot que je veux parler...

RICARD, vivement.

Est-ce qu'elle s'opposerait?

MULOT.

Qui dit cela? Ma femme, mon cher enfant a pour vous de la sympathie, de l'estime...

RICARD.

Eh bien?...

MULOT.

Mais nous n'avons pas eu lieu encore, d'aborder ensemble cette grosse question du mariage, si grave aux yeux des mamans... J'ignore ses intentions...

RICARD.

Vous m'autorisez à les lui demander?

MULOT.

Pardienne! Et le plutôt sera le mieux... Tenez, au fait, ce soir même... sous un prétexte quelconque je vous laisserai en tête-à-tête...

RIGARD.

Votre présence, pourtant. .

MULOT.

Non... non... Croyez-moi... Je connais Mélanie...
Il vaudra beaucoup mieux pour nous que vous ou-
vriez le feu tout seul...

RIGARD.

Vraiment ?

MULOT.

Oui, oui,... comprenez donc... Comme ça, en ap-
parence, votre première démarche... c'est auprès
de ma femme que vous l'aurez tentée... Ça lui fera
plaisir... elle m'en parlera... sollicitera mon avis.
Moi d'abord j'aurai l'air d'hésiter un peu... Pour
la forme je demanderai à réfléchir... Elle insistera...
tout doucement, je me laisserai convaincre... Enfin
de compte... vous verrez, ce sera elle qui aura eu
l'idée de ce mariage... Marie vous et moi, nous
nous serons laissés faire et nous serons tous les
quatre contents... Que voulez-vous de plus ?...

RIGARD, riant.

Quel machiavelisme !

MULOT.

Mon cher ami, ne riez pas... ce sont là de ces
petites finesses de tactique conjugale qu'il faudra
que je vous enseigne un jour tout au long. (Prêtant
l'oreille.) Chut! Ecoutez!

SCÈNE IV

LES MÊMES, MADAME MULOT, puis MARIE.

MADAME MULOT, elle ouvre la porte du fond, et tournant
le dos au public parle à la cantonade.

Marie, porte les parapluies dans la cuisine... l'antichambre va être inondée...

MARIE, du dehors.

Oui, maman...

MADAME MULOT, entrant en scène.

En voilà un temps !... Eh bien! on m'y reprendra à aller me geler à Montrouge dans des conditions pareilles... Si je n'ai pas attrappé une fluxion de poitrine, j'aurai de la chance... je ne me sens plus...

MULOT, allant à elle.

Ma pauvre biche...

Il va pour l'embrasser.

MADAME MULOT, secouant son waterproof.

Fais donc attention, Félix, tu vois bien que je suis toute trempée...

MULOT, doucement.

Tu aurais dû prendre une voiture...

MADAME MULOT.

Une voiture ! Prendre une voiture... Certainement que j'en ai pris une... de voiture ! Il le fallait bien... Les omnibus étaient bondés... Tu aurais peut-être voulu, toi que nous rentrions à pied...

MULOT.

Est-ce que j'ai dit ça,... voyons ?

MADAME MULOT.

Quelque chose de propre, du reste que *ta* voiture!...
Le cocher m'a fait payer quatre francs d'avance
pour nous ramener à notre porte... Ce qui ne l'a
pas empêché de nous laisser en plan sur le boulevard extérieur sous prétexte que son cheval ne pour-
rait jamais monter la rue Lépic...

MULOT.

Ma foi... par ce verglas...

MADAME MULOT.

Il ne manquait plus que ça... que tu le soutien-
nes...

MULOT.

Pas lui... Son cheval...

MADAME MULOT.

Tiens, tu m'agaces... Heureusement j'ai gardé
son numéro... je déposerai ma plainte...

RICARD

Donnez, madame... Je me charge de faire la ré-
clamation...

MADAME MULOT.

Merci, monsieur William... Excusez-moi, mais
je suis dans tous mes états.
                                    Elle lui tend la main.

RICARD

C'est bien naturel.

MARIE, entrant sans manteau ni chapeau.

Bonsoir père. (Elle embrasse Mulot.) Bonsoir monsieur William... Attends ma pauvre maman, que je
t'aide à te débarrasser.

Elle va à sa mère lui ôte sa voilette, son chapeau et son
waterproof.

MADAME MULOT, elle est debout devant la cheminée et jette un regard machinal sur la pendule.

Minuit !... bonté de ciel ! Comment se fait-il monsieur Mulot que tu ne sois pas encore couché ?

MULOT.

Mais, ma biche, je vous attendais...

MADAME MULOT.

Tu aurais pu tout aussi bien nous attendre dans ton lit....

MULOT.

Et puis... Ricard et moi, nous avons un peu travaillé ce soir... quelque chose de pressé à terminer...

MADAME MULOT.

C'est ça... c'est bien ça... Tu n'es encore que mal à ton aise... Ça ne te suffit pas... Monsieur ne sera satisfait que lorsqu'il sera tout à fait malade.

RICARD, à Mulot.

Ma foi... c'est un peu ce que je vous disais...

MULOT.

Allons... allons... pour une fois... je n'en mourrai pas... Et puis n'allant plus à mon bureau j'aurai tout le temps, demain, de me reposer... je me léverai à dix heures... là !...

MADAME MULOT.

Va... fais-en à ta tête. Je sais bien, du'reste, qu'il est inutile de discuter avec toi... Tu veux toujours avoir raison... sois malade, mon ami... sois malade... et quand tu seras resté six mois au lit, nous en serons tous bien avancés...

MULOT.

Avoue que tu exagères un peu, Mélanie...

MARIE.

Voyons, mère, ne sois pas méchante ; tu auras beau gronder papa, tu sais bien qu'il ne pourra jamais s'endormir s'il n'a pas achevé tout ce qu'il a à faire...

MULOT, embrassant Marie.

Bravo !... fillette... Tu me comprends, toi.

MADAME MULOT.

J'aurais été bien étonnée que mademoiselle Marie, ne prît pas contre moi le parti de son père... Cela ne me touche plus, du reste, j'y suis habituée.

MARIE.

Oh ! maman...

MULOT.

Allons ! saperlotte... embrassons-nous tous... et que ça finisse ! Il n'y a pas la dedans de quoi fouetter un chat... que diable ! Moi d'abord... je capitule. (Il embrasse sa femme et sa fille.) Allons vous aussi, Ricard ! (Ricard embrasse madame Mulot. Petit attendrissement général.) Là !.. Voilà la paix générale signée... et pour prouver mon obéissance, j'emmène mademoiselle Marie, qui, avant d'aller faire son somme, va se donner la peine de préparer ma potion. Toi ma bonne, tâche de te réchauffer tout à fait. Je te laisse en tête à tête avec William.

Il fait un signe à Richard prend le bras de sa fille et sort avec elle.

SCÈNE V

MADAME MULOT, RICARD.

MADAME MULOT.

Il ne faut pas m'en vouloir monsieur William...

je suis tellement inquiète!... c'est même cela qui
me rend de si mauvaise humeur depuis quelque
temps...

RICARD.

Inquiète!... Et pourquoi madame?...

MADAME MULOT.

Mon mari, voyez-vous est plus gravement atteint
qu'il ne le paraît. Oh! le médecin ne me l'a pas
caché... Voilà cinquante ans et plus que le pauvre
homme travaille comme un forçat... Aujourd'hui il
est usé... Il n'en peut plus. Il lui faudrait à tout
prix du repos... l'air de la campagne.

RICARD.

Eh bien, mais il me semble qu'en pareille cir-
constance, monsieur Dumersan...

MADAME MULOT.

Un congé? Peut-être, en effet, votre patron n'au-
rait-il pas le cœur de le refuser à mon mari. Mais
pour combien de temps? Félix m'a-t-on dit, aurait
besoin pour le moins de trois ou quatre mois de
tranquillité absolue...

RICARD.

S'il y a nécessité...

MADAME MULOT.

Et puis d'ici là comment vivre? sans être trop
malheureux, nous n'avons jamais eu d'autres res-
sources que les appointements de monsieur Mulot.
Consentira-t-on à les lui servir en entier tout le
temps qu'il n'ira pas à son bureau?... Un malade
a besoin d'un tas de petites bonnes choses qui coû-
tent les yeux de la tête... Sans qu'il s'en doute le
pauvre cher homme, j'ai bien de la peine déjà à

joindre les deux bouts... Allez! Que sera-ce, mon
Dieu, le jour où il ne pourra plus travailler ! Tout
cela est bien triste monsieur William, et quand je
pense à l'avenir, je ne puis m'empêcher de pleurer... en cachette de lui...

Elle essuie ses larmes.

RICARD.

Allons, madame, calmez-vous... vous vous exagé-
rez à coup sûr, l'état de malaise de votre mari...
M. Mulot certes est fatigué. Cette fatigue s'explique
naturellement par le surcroît de travail qu'exige
chaque année à pareille époque la confection d'un
inventaire général... mais Dieu, merci, nous tou-
chons au bout. Encore quelques jours et nous ren-
trerons au bureau dans une période de calme relatif.
Nous allons reprendre le train train habituel de
notre travail de caisse. Sans crainte aucune pour sa
responsabilité, monsieur Mulot sait qu'en temps or-
dinaire, il peut s'en fier à moi. Qu'il se repose donc,
qu'il se soigne en toute sécurité d'esprit. Qu'il y
mette le temps qu'il faudra... Dans ces conditions
j'en ai la certitude, il doit compter encore devant
lui de longues années de travail et de santé...

MADAME MULOT.

Fasse le ciel que vous disiez vrai ! vous me met-
tez un peu de baume dans le cœur !

RICARD.

J'en suis ravi, en vérité... Je n'ai pas croyez-le,
de désir plus ardent que celui de soulager votre
peine ou de la partager au besoin.

MADAME MULOT.

Mon ami !...

RICARD.

Et voici l'heure venue de vous dire enfin toute
ma pensée... Il dépend de vous, madame de faire de
moi, le plus heureux des hommes...

MADAME MULOT.

Serait-il possible ?

RICARD.

Oui !...

MADAME MULOT.

Comment cela ?

RICARD.

En m'accordant la main de mademoiselle Marie.

MADAME MULOT.

Que dites-vous là ?

RICARD.

Je vous supplie de croire que je ne parle pas à la
légère... Non... l'affection que je ressens pour cette
jeune fille est profonde et réfléchie... Depuis que
vous m'avez fait l'honneur de m'admettre dans
votre intimité... je l'ai vue, en toutes circonstances,
modeste, simple, vaillante et bonne... d'une égalité
d'humeur qui ne s'est jamais démentie. Chez une
femme, ces qualités là sont les plus précieuses
et les plus rares. Elles constituent à mes yeux,
le gage indiscutable d'un bonheur solide et sérieux.

MADAME MULOT, après un silence.

M. Ricard... savez-vous bien que ma pauvre chère
petite n'aura pas un sou de dot ?...

RICARD.

Je le sais.

MADAME MULOT, nouvelle pause.

M. Ricard... quelle est... excusez-moi... quelle est votre situation de fortune?

RICARD.

Ma fortune? Mon Dieu, madame... elle est nulle...

MADAME MULOT.

Existe-t-il... pardon encore... existe-t-il pour vous ce qu'on est convenu d'appeler d'un mot bien vilain... des espérances?...

RICARD.

Il n'en existe pas... Je suis seul au monde... je vis et je vivrai de mon travail. Voilà tout.

MADAME MULOT, machinalement.

Voilà tout!

RICARD.

Je gagne actuellement trois cents francs par mois chez M. Dumersan. La maison est sûre, j'y resterai... Un jour viendra, jour lointain je l'espère, où M. Mulot prendra sa retraite. Alors je monterai en grade. J'hériterai de sa place de caissier principal ainsi que de ses appointements. Voilà très simplement, madame le programme de mon avenir...

MADAME MULOT, à part.

Celui de notre passé!... (Haut.) Et plus tard, bien plus tard, quand vous aurez l'âge de Félix, et que ma fille sera devenue la vieille femme que je suis, moi-même aujourd'hui... que ferez-vous?

RICARD, hésitant.

Ce que?... mais je ferai... nous ferons...

MADAME MULOT.

Comme nous n'est-ce pas? C'est-à-dire qu'épuisé

par un labeur de trente années, ayant usé toute
votre énergie dans cette lutte effroyable pour l'existence au jour le jour, vous arriverez sans forces
et sans argent de côté, presque au terme de votre
voyage, tandis que ma pauvre chère enfant, votre
femme, pleurera toutes les larmes de son corps, en
constatant son impuissance à vous assurer, au prix
de sa vie même, le pain de vos dernières années !
Cela ne peut pas être. Moi vivante cela ne sera pas.
Non... je ne le veux pas...

RICARD.

Mon Dieu, madame, comment aurais-je pu supposer...

MADAME MULOT, lui prenant les deux mains.

Mon cher enfant, je vous ai fait de la peine... je
le sens, je le vois... mais la mienne hélas !... est
plus cruelle encore, il faut me pardonner !

RICARD.

Madame...

MADAME MULOT.

J'ai besoin de tout mon courage, allez pour oser
vous parler comme je le fais. Comprenez-moi bien,
William. Il y a dans la vie des fatalités. Celle de la
misère est la plus implacable. J'ai pour vous beaucoup d'affection... J'aime ma fille plus que tout au
monde... Vous savoir un jour malheureux l'un par
l'autre... j'aimerais mieux mourir tout de suite...

RICARD.

Qui peut répondre jamais de l'avenir ?

MADAME MULOT.

Toute notre vie écoulée, hélas ! Est-il besoin de
vous la raconter ? Monsieur William, vous êtes in-

2

telligent, honnête, laborieux. Etes-vous plus honnête et plus laborieux que mon pauvre Mulot ? Non,
n'est-ce pas ? Eh bien ! Voyez où nous en sommes.
Inquiets du présent, tremblants pour le lendemain
réduits à escompter, sans oser nous l'avouer, les
quelques sous de rente que nous laissera, un jour
peut-être une vieille parente égoïste et avare. Tout
cela est affreux! Et encore le Bon Dieu, dans sa
miséricorde, ne nous a-t-il donné qu'un seul enfant,
ma petite Marie ! Celle-là du moins tant que je
vivrai, tant qu'il me restera une ombre de force,
je veux la préserver des épreuves que j'ai traver-
sées. Il y a bien longtemps déjà que je me le suis
juré.

RICARD.

Madame Mulot... peut-être avez-vous raison, tris-
tement raison. En tout cas je ne me reconnais pas
le droit moral d'insister auprès de vous. Pauvre
égoïste que j'étais, j'avais fait un rêve de bonheur...
Brutalement je retombe dans la réalité. N'en parlons
plus ! Oubliez les sentiments que je vous exprimais,
comme je les refoulerai moi même au plus profond
de mon être, et ne voyez en moi, à partir de ce
jour, que le plus sincère et le plus respectueux de
vos amis.

MADAME MULOT.

Brave enfant ! Pourquoi faut-il que ce soit à moi
qu'incombe le devoir de briser vos espérances ? Le
cœur me saigne...

RICARD.

Un dernier mot... Ainsi que je vous le disais,
madame, je traverse la vie, sans parents, sans relations, libre de moi, seul au monde. Je n'ai pas
charge d'âme et ne dois à personne compte de mes

actes. En risquant quelque chose, je n'engage donc que moi. Je n'ai pas été sans rencontrer déjà à la banque Dumersan des occasions de gain plus ou moins aléatoire.. Jusqu'ici, à vrai dire, je m'étais imposé la règle de les fuir. Mais mes résolutions peuvent changer... Si d'ici deux ou trois années, je revenais à vous, madame, possesseur d'un petit capital qui, sans être la fortune, m'assurerait la quiétude du lendemain...

MADAME MULOT.

Ce jour-là, William, ma fille serait à vous, et je me dirais en vous la donnant, la plus heureuse des mères...

RICARD.

Merci, madame, et adieu.

Il sort.

<h2 style="text-align:center">SCÈNE VI</h2>

MADAME MULOT, puis MULOT.

MADAME MULOT, tout en mettant un peu d'ordre dans le ménage.

Pauvre garçon!... Ma chère petite Marie! Dieu, que la vie est bête et cruelle pour ceux qui aiment... et qui n'ont rien.

Elle essuie ses yeux.

MULOT, entrant.

Voilà qui est fait... J'ai bu ma potion et je me sens tout pimpant. Tiens... plus de William... où donc est-il passé ?

MADAME MULOT.

Il vient de partir, mon ami...

MULOT.

Parti ?... il est parti comme ça, sans me serrer la main...

MADAME MULOT.

Tu étais dans ta chambre... Et puis... il est minuit passé.. Il se sentait un peu fatigué... ce garçon. . il faut qu'il se lève de bonne heure... tu sais...

MULOT, un peu perplexe.

Ah ! Et... avant de partir... il ne t'a rien dit ?

MADAME MULOT, même jeu.

Rien... absolument rien... que voulais-tu donc qu'il me dise ?

MULOT.

Rien... absolument rien...

Il se remet à la table.

MADAME MULOT.

Qu'est-ce que tu fais-là ? Est-ce que tu as la prétention de te remettre à travailler ?

MULOT.

Mais... ma bonne.

MADAME MULOT.

Au milieu de la nuit, c'est extravagant !

MULOT.

Voyons... Mélanie, ne crie pas... Il est minuit trente-cinq... eh bien, à une heure sonnant... foi d'honnête homme... Je serai dans mes draps...

MADAME MULOT.

Ah ouitche !...

MULOT.

Je t'en donne ma parole d'honneur...

MADAME MULOT.

Ah ouitche!

MULOT.

Le temps de mettre au net une addition. Tiens..
regarde... nous avons déjà perdu cinq minutes à
discuter... Si tu m'avais laissé commencer... j'en
serais déjà à la moitié... (Il se lève, prend sa femme par
la taille et l'entraine doucement vers la porte de la chambre.)
Va... va... te coucher... fourre-toi au lit, tu réchauf-
feras ma place... Tu vois... je suis un vieux parta-
geux, égoïste. C'est ce que tu voulais me faire dire...
hein ?... Avoue-le...

Il l'embrasse.

MADAME MULOT.

Allons.. avec toi, il faut toujours finir par céder,
mais je te préviens... si tu n'es pas là dans un quart
d'heure... je reviens te chercher pieds nus... et en
chemise...

Elle sort.

SCÈNE VII

MULOT, seul.

MULOT.

Tope là... c'est convenu... (Il ferme la porte.) Pauvre vieille!... Elle ferait comme elle le dit! Allons
papa Mulot, c'est le moment où jamais de mettre
les bouchées doubles. (Il se remet à sa table, remonte la
lampe et fait tout en parlant ses préparatifs de travail.) C'est
égal... je donnerais bien quelque chose pour savoir,
tout de suite, ce qui s'est passé entre elle et William..
car assurément, William a dû faire sa demande...

2.

à moins que, pourtant, il n'ait pas jugé le moment propice... c'est qu'elle n'était pas de très bonne humeur, ce soir, ma bonne Mélanie! William est un garçon de tact. Il aura pensé sans doute qu'il valait mieux renvoyer l'assaut à plus tard. Mais j'y songe... en supposant que Ricard ait parlé... ma femme lui aura appris peut-être ce que moi, tout à l'heure, je n'ai pas eu le courage de lui faire savoir... ce qu'il faudra bien qu'il sache un jour où l'autre. Elle lui aura dit le passé!... Le passé! (Un temps.) Allons donc! Ricard est un garçon intelligent... pondéré de sens pratique... au dessus des préjugés vulgaires... Demain... je lui parlerai... il m'entendra... il me donnera raison... oui, c'est cela, c'est bien cela... Demain... demain... et maintenant, à la besogne! Je n'ai pas le temps de flâner ce soir... Voyons... nous disions... Avoir de septembre... Cent soixante-dix-neuf mille, sept cent quatre-vingt-dix-sept centimes.. c'est là qu'est l'erreur. Reprenons l'addition... sept et quatre font onze et six... dix-sept... et neuf... (On sonne.) vingt-neuf et cinq font trente-quatre... et six... quarante... et huit... quarante-huit.. (On sonne.) quarante-huit et six font cinquante quatre... et neuf font soixante-trois; je pose trois... (Coup de sonnette ininterrompus.) Je pose trois... qu'est-ce que c'est que ça?... on sonne ici... mais non... mais si... comment? à une heure du matin... quelqu'un sûrement qui se trompe d'étage... et qui y met de l'obstination. Allons... il faut se déranger pour aller ouvrir... comme c'est amusant... au milieu de mon addition... C'est bon... j'y vais! j'y vais... que diable... un peu de patience!

> Il prend la lampe sur la table et sort par la porte du fond. Obscurité sur la scène.

SCÈNE VIII

MULOT, PICHERY.

MULOT, reparaissant à la porte, le dos au public.

C'est ici, oui monsieur... Donnez-vous donc je vous prie la peine d'entrer.

PICHERY, entrant.

Ainsi... c'est bien monsieur Mulot...

MULOT.

Lui-même...

PICHERY.

Dont j'ai à la fois le plaisir et l'honneur de faire la connaissance...

Il regarde avec un certain étonnement autour de lui.

MULOT.

En effet...

PICHERY.

Alors... à mon tour... Je me présente... Pichery... c'est moi... Pichery.. Honoré Pichery.. de la Scala... Vous n'avez pas l'air de me remettre.

MULOT.

Je vous avouerai...

PICHERY.

Voyons ! Les affiches... Consultez les affiches !... Pichery le comique le plus comique de Paris... Le boulevard ne connaît que moi... après tout, vous n'allez peut-être pas souvent au café-concert ?...

MULOT.

Jamais.

PICHERY, un peu étonné.

Soit... je n'insiste pas... et j'arrive au fait... vous devez bien supposer que les circonstances qui m'amènent chez vous... à l'improviste... à cette heure de nuit, par un froid de canard... sont graves...

MULOT.

Je vous écoute...

PICHERY.

J'ai à remplir auprès de vous monsieur Mulot, une mission à la fois pénible... et délicate... Je suis au concert, le collègue, et le camarade de mademoiselle Olga de Luzy... C'est de sa part...

MULOT, anxieux.

De sa part ?...

PICHERY.

La pauvre petite... j'aime mieux vous le dire tout de suite... est malade... très malade... extrêmement malade...

MULOT.

Mon Dieu !

PICHERY.

A quoi sert de tergiverser... Oui, depuis quelque temps déjà, elle se sentait un peu patraque... Elle n'était pas dans son assiette... Or, ce soir, en scène, au beau milieu de son tour de chant... crac ! elle a été prise d'un crachement de sang suivi d'une syncope... Il a fallu baisser le rideau. D'abord, on l'a montée dans sa loge... Elle ne revenait toujours pas.. alors, on s'est décidée à la transporter chez elle... et... comme le comte... n'était pas là... c'est moi et sa femme de chambre qui nous en sommes chargés... Je l'ai reconduite dans son coupé, toujours

sans connaissance... arrivés à l'hôtel, au Parc Monceau, nous l'avons couchée. Oh! en tout bien, tout
honneur, la pauvre fille! Au bout d'une heure, elle
a fini par rouvrir les yeux... Elle a fait comprendre
par signes qu'elle désirait écrire quelque chose...
Je lui ai apporté une feuille de papier et un crayon...
Alors elle a griffonné péniblement trois ou quatre
mots... on voyait qu'elle y mettait toutes ses forces.
Puis elle m'a pris la tête à deux mains, comme ça...
elle a murmuré à mon oreille, votre nom, votre
adresse... et m'a fait jurer de vous apporter ça, ce
soir même. (Il tire une feuille de papier sous enveloppe
qu'il pose sur la table.) A ce moment, les vomissements
de sang ont recommencé... et je suis parti.

MULOT, très agité.

Merci, monsieur, merci bien, je vais m'habiller...
je vais aller...

PICHERY.

Hélas! Mon pauvre cher monsieur...

SCÈNE IX

Les Mêmes, MADAME MULOT.

La porte de la chambre à coucher s'ouvre et madame Mulot
paraît. Elle est en toilette de nuit et tient une bougie allu-
mée à la main. A son entrée, Pichery s'est arrêtée net.

MULOT, aperçoit sa femme et la présente d'un geste.

Madame Mulot... allez, monsieur, allez, vous pouvez tout dire... Ma femme connaît ma vie... toute
ma vie...

PICHERY, s'inclinant.

Alors, monsieur, si vous avez de la religion...
comme j'aime à le croire... vous n'avez plus qu'à
prier pour mademoiselle Olga de Luzy.

MULOT.

Elle est morte!... (Sur un geste de Pichery.) Morte!
Ma fille!

Il tombe accablé.

PICHERY, à part.

Sa fille!...

MADAME MULOT.

Ton enfant! Ah! pauvre homme!

Elle va à Mulot et l'enserre dans ses bras.

PICHERY, à part.

Tableau!... (Haut, d'une voix mouillée.) Moi aussi je
l'ai bien affectionnée... c'était une bonne petite camarade... très chic... et pas poseuse... Allons, monsieur, bon courage! Adieu, madame... J'espère qu'on
aura l'occasion de se retrouver dans des circonstances moins... moins enfin!... (Bas.) Si vous aviez besoin de moi pour des renseignements... quoique ce
soit... un mot à la poste avec dessus : Pichery,
Scala... tout simplement et surtout ne vous gênez
pas...

MADAME MULOT, bas.

Merci... Merci... Monsieur... vous êtes bien honnête... Tenez, pour descendre prenez la lumière...

PICHERY, montrant sa canne dont le pommeau s'éclaire à
l'électricité.

Non... non... inutile... j'ai ma canne!

MADAME MULOT.

Si... si... vous ne connaissez pas l'escalier. Il est
traître, d'un traître...

PICHERY.

Voyez... j'ai ma canne, merci!

MADAME MULOT.

C'est nous qui vous remercions... Permettez que je vous montre le chemin.

Ils sortent.

SCÈNE X

MULOT, seul.

MULOT.

Elle est morte!... C'est fini!... Et avec elle le passé s'en va... Oui, tout ce passé dont j'avais honte s'évanouit... Et maintenant il n'en reste plus rien.. Que le souvenir que j'ai là. (Se frappant sur la poitrine.) Et qui lui ne s'effacera pas...

SCÈNE XI

MULOT, MADAME MULOT.

MADAME MULOT, doucement.

Rentre dans ta chambre, Félix... Le feu s'est éteint, j'ai peur que tu ne prennes froid.

MULOT, comme s'éveillant d'un rêve.

Mélanie! Ah! donne-moi mes vêtements noirs...

MADAME MULOT.

Tes vêtements noirs? Tu veux?

MULOT, se levant.

Aller là-bas... Oui...

MADAME MULOT.

Là-bas! C'est impossible!

MULOT.

Tu dis?

MADAME MULOT.

Je dis... je dis que ta place n'est pas là...

MULOT, sursautant.

Ma place n'est pas au chevet de ma fille morte?

MADAME MULOT.

Non... Songe que tu peux y rencontrer...

MULOT, l'arrêtant.

L'amant... l'un des amants!... (Eclatant.) Dieu juste! C'est vrai!

Il éclate en sanglots.

MADAME MULOT, après un temps.

Calme-toi, Félix. Pensent à ceux qui te restent... Pense à moi, ta vieille femme qui t'aime... Pense à Marie, ta chère petite Marie... ta fille légitime... Celle-là... L'autre, vois-tu, l'autre n'était après tout qu'une méchante enfant qui t'a fait beaucoup de mal, beaucoup de chagrin...

MULOT.

Peut-être n'ai-je pas su l'aimer comme il aurait fallu!...

MADAME MULOT.

Mon Félix... mon bon Félix... tu as fait vis-à-vis d'elle plus et mieux que ton devoir... Je suis là pour en témoigner, moi...

MULOT.

Tu crois?

MADAME MULOT, prenant sur la table la lettre d'Olga.

Tiens... vois... elle s'accuse elle-même...

MULOT, lisant.

« J'ai été bien coupable... mais... je meurs... mon père... pardonnez-moi! » Si je te pardonne... oui, ma fille... oui, mon enfant... je te pardonne... je te pardonne!

Il éclate en sanglots, en embrassant la lettre de sa fille. Long silence. Madame Mulot semble réfléchir, son visage s'éclaire et très doucement.

MADAME MULOT.

Félix?... (silence.) Félix?... Dis donc, Félix? Est-ce que?... Mais... au fait... tu... tu... hérites!..

Le père Mulot lève la tête, fait un geste vague d'indifférence et continue à pleurer.

Rideau.

ACTE DEUXIÈME

Un salon très simple. — Mobilier modeste et défraîchi. — porte au fond, portes latétales, tables, chaises, fauteuil, canapé, etc...

SCÈNE PREMIÈRE

MADAME MULOT, JUSTINE.

MADAME MULOT, tout en aidant Justine à faire le ménage.

Il vous reste de l'argent, Justine?

JUSTINE, époussetant

Pas un sou, madame.

MADAME MULOT.

Est-il Dieu possible?

JUSTINE, tirant de sa poche un livret de cuisine.

C'est comme ça. Du reste voilà mon livre. Si madame examine le compte, elle verra qu'avec ce que j'ai dépensé, il ne doit pas m'en rester lourd.

MADAME MULOT, prenant le livre et s'asseyant.

Voyons. . (Un temps.) D'abord... Qu'est-ce que c'est que ça?

JUSTINE, s'approchant.

Ça... quoi?

MADAME MULOT.

Là... marqué trois francs. (Essayant de lire.) Chin...
chin...

JUSTINE, même jeu.

Ça... attendez donc... Chin... chin... Quinquina...
c'est le quinquina de monsieur. Je savais bien.

MADAME MULOT.

J'ai toutes les peines du monde à vous déchiffrer.
Tâchez donc d'écrire plus lisiblement.

JUSTINE.

Oh! pour ce que j'ai été au lycée de jeunes filles...
et pour ce que ça rapporte dans la vie...

MADAME MULOT.

Ne dites donc pas de bêtises.

JUSTINE.

Des bêtises... Madame appelle ça des bêtises...
Libre à elle. Mais on n'a qu'à regarder monsieur.
En voilà, par exemple, un brave homme qui s'est
usé la cervelle et les yeux à griffonner le jour et la
nuit. Il en est bien avancé aujourd'hui, je t'en sou-
haite!

MADAME MULOT.

Soyez donc un peu plus respectueuse pour votre
maître.

JUSTINE.

Ce que j'en dis, madame sait bien que c'est par
pure affection. C'est vrai. Ça fend le cœur de nous
voir tous dans cette débine et monsieur avec ça,
malade à en pleurer. Et être obligé d'être regardant même avec les remèdes. Misère, va!

MADAME MULOT.

Le fait est, ma pauvre fille, que notre situation
est bien précaire. (A part.) Ah! s'il voulait se décider!... (Haut.) Justine!

Lui rendant le livre.

JUSTINE.

Madame?

MADAME MULOT.

Mon châle de l'Inde... Vous savez ce vieux châle
de l'Inde que je ne mets jamais. J'ai l'idée de m'en
débarrasser. Ce n'est plus la mode. Vous le pren-
drez dans l'armoire à glace et vous le porterez chez
madame Reversin.

JUSTINE.

La marchande à la toilette?

MADAME MULOT.

Oui, elle est venue hier l'examiner. Nous ne nous
sommes pas entendues. Elle a eu l'audace de m'en
offrir cinquante francs!... Un châle qui en a coûté
six cents le jour de mon mariage... Il y a plus de
vingt-cinq ans! C'est honteux. Enfin! J'ai réfléchi.
Vous direz que je le lui laisse pour quatre-vingts
francs, mais pas un sou de moins et payé comptant.

JUSTINE.

Soyez tranquille.

MADAME MULOT.

Ah!... en revenant, vous achèterez le dîner... une
cervelle et une belle côtelette dans la noie pour
monsieur. Pour nous, vous verrez... ce qui ne sera
pas trop cher. Economisez. Economisez, Justine...
Nous ne roulons pas sur l'or en ce moment.

JUSTINE.

Madame n'a pas besoin de me le faire remarquer.

MADAME MULOT.

En somme... Il vaut beaucoup mieux s'en défaire de ce vieux châle que de le laisser manger aux vers, n'est-ce pas ma fille?

On sonne.

JUSTINE, allant ouvrir.

Pour sûr, madame. (A part) Les vers... les vers... c'est nous... qui les mangerons!...

Elle sort.

MADAME MULOT.

Nous en voilà aux expédients, mon Dieu... je ne sais plus ou donner de la tête!... Comment allons sortir de là?...

SCÈNE II

MADAME MULOT, RICARD.

RICARD, il entre vivement et dépose un bouquet sur une chaise, au fond.

Mes respects, madame.

MADAME MULOT, se levant.

Enfin, nous voilà! Ricard. Eh bien?

RICARD.

Eh bien. Ce dont nous étions convenu est fait. Ce matin, entrevue avec Dumersan, après, visite au notaire, j'en sors.

MADAME MULOT.

Qu'ont-ils dit? Ne me faites pas languir. Racontez-

moi bien tout. Des détails, beaucoup de détails... Je
suis sur des charbons ardents.

RICARD.

Procédons par ordre. D'abord, Dumersan...

MADAME MULOT.

Savait-il?

RICARD.

Evidemment. C'est la fable de tout Paris. Il ne
faut pas vous faire d'illusions, madame, les jour-
naux sont remplis d'articles nécrologiques où l'on
met les points sur les i. L'un deux annonce à grand
tapage, la publication de mémoires posthumes sous
la signature d'Olga de Luzy, née Mulot.

MADAME MULOT.

Oh! mon pauvre Félix! Le monde est méchant.
Pourquoi causer de la peine à un brave homme qui
n'a jamais fait que son devoir...

RICARD

Je n'en doute pas.

MADAME MULOT.

Je vous le jure, moi... Tenez. Quand cette petite
Olga vint au monde en coûtant la vie à sa mère...
Mulot était encore bien jeune. Il gagnait modestement son pain... Sans hésiter, il reconnut l'enfant...
lui donnant ainsi tout ce qu'il possédait alors... un
nom honorable et sans tache... La petite était d'a-
bord si pâlotte, si chétive... Tout le monde crut que
cet enfant ne vivrait pas... Lui en a-t-elle assez
coûté de soins, de tracas et d'argent!... Ce ne fut
que plus tard, bien plus tard, que Félix parvint à
force de privations et de travail, à mettre de côté
l'argent nécessaire pour placer sa petite au soleil,

dans un grand pensionnat de Nice... Ce fut alors, mais alors seulement que Mulot se décida à demander ma main... et pourtant mes dix mille francs de dot, lui auraient été bien utiles pendant ces longues années de lutte et d'épreuve.

RICARD.

Il ne voulait rien devoir à personne...

MADAME MULOT.

Précisément... Donc, la petite Olga vivait dans le midi... loin de nous... sa santé l'exigeait... Un jour, hélas! elle fit une bêtise avec le frère d'une amie de pension, qui se déroba à toute réparation! La pauvre enfant s'affola et disparut... Malgré toutes les recherches, il fut impossible de retrouver sa trace... Elle s'était enfuie à l'étranger... Des années passèrent. Nous apprîmes un jour qu'elle était entrée au théâtre sous un faux nom, qu'elle vivait dans le luxe, dans les plaisirs...

RICARD.

C'est la banale histoire!...

MADAME MULOT.

Autour d'elle, il y eut parfois du bruit, du scandale. Mulot ne la revit plus... Et voilà tout ce pauvre roman!...

RICARD.

N'ayez crainte. Nous enterrerons cela... Dans huit jours, le silence sera fait.

MADAME MULOT.

Que Dieu vous entende!...

RICARD.

Il m'entendra. Ce n'est qu'une question de prix. Je reviens à Dumersan. Bien disposé, aimable, pres-

que, se refusant d'abord à admettre que son inter-
vention pût nous être nécessaire pour décider monsieur Mulot à accepter cette succession. J'ai dû insister... Il croyait à une plaisanterie.

MADAME MULOT.

Vous lui avez dit les hésitations de mon mari ; et
l'impossibilité où nous nous étions trouvés jusqu'ici,
vous et moi, d'aborder avec lui ce sujet?

RICARD.

Tout cela. Dumersan tombait de son haut. Il
croyait la situation régularisée déjà et l'affaire définitivement dans le sac... Je me sers de son mot.

MADAME MULOT.

Ah! William! Comme on voit que tout ce monde-
là est loin d'avoir la délicatesse de mon pauvre
Mulot! S'il pèche, celui-là, c'est bien par trop de
scrupules !

RICARD.

Très exact. Bref, Dumersan a fini par comprendre.
Nous pouvons compter sur lui. Il sera ici, aujour-
d'hui même, après la Bourse, verra M. Mulot et
enlèvera la chose.

MADAME MULOT.

Qu'il n'aille pas le brusquer, surtout. Félix est
bien faible, bien abattu par sa crise d'hier, et les
émotions lui sont défendues par le médecin !

RICARD.

Bah! Dumersan ne manque pas de tact... toujours. Il a la main légère,... quand il le faut. Il
connait la sensibilité un peu maladive de son caissier, et sait, que pour le convaincre, le moyen le

plus sûr est de ne pas l'effaroucher. Soyez tranquille, il y mettra des formes.

MADAME MULOT.

Ah! je respire.

RICARD.

J'arrive au notaire. Avec celui-là, ça n'a pas marché tout seul.

MADAME MULOT.

Vous me faites trembler!...

RICARD.

Oui, maître Letourneux, au début, se montrait plus que froid, glacial.

MADAME MULOT.

Mon Dieu! Est-ce qu'il désapprouverait?

RICARD.

Loin de loin. Mais ne s'est-il pas imaginé, du coup, que j'étais un agent d'affaires, chargé par vous de surveiller vos intérêts, et de mettre le nez dans sa liquidation. — Alors, dam!... Votre lettre d'introduction auprès de lui n'était pas paraît-il, suffisamment explicite.

MADAME MULOT.

Comme il faut faire attention à ce qu'on écrit!

RICARD.

J'ai eu toutes les peines du monde à le ramener. Quand il eût compris enfin que je n'étais que votre ami, presque votre fils,... j'ai dû lui faire la confidence de ce cher projet...

MADAME MULOT.

Ce projet nous est cher à tous, maintenant.

3.

RICARD,

Il s'est déridé. Il avait été quelque peu choqué,
tout d'abord, m'a-t-il avoué, de ce qu'il appelait
l'attitude cavalière de monsieur Mulot à son égard...
Pas de visite...

MADAME MULOT.

Mon mari n'a pas quitté la chambre depuis trois
semaines !

RICARD.

Ça a été ma réponse... Pas de lettre...

MADAME MULOT.

Félix ignore jusqu'à l'existence de ce notaire !

RICARD.

Très juste, mais maître Letourneux n'aurait pas
été flatté de cette excuse-là. J'ai préféré exagérer
un peu l'état maladif de M. Mulot et affirmer qu'il
avait été jusqu'ici incapable de tenir la plume. En
somme, maître Letourneux a désarmé, et par déro-
gation à ses habitudes professionnelles, en dépit de
ses occupations sans nombre, il vous fera l'honneur
de venir perdre aujourd'hui chez vous quelques minutes de son temps qui vaut de l'or, m'a-t-il fait observer. Notez, madame, que maître Letourneux est
Président de la Chambre des notaires !

MADAME MULOT.

Ainsi, William, il consentirait...

RICARD.

Il a consenti. Je crois qu'il n'est pas fâché, en
somme, de prendre langue avec son nouveau client.
Ainsi donc, tout est prêt : les scellés sont levés, la
déclaration faite au greffe, la formule d'acceptation
rédigée. Il n'y manque plus que cette formalité très

simple mais essentielle : la signature de M. Mulot
Attention, le voici.

Il remonte au fond.

SCÈNE III

LES MÊMES, MULOT, MARIE, puis JUSTINE.

*Par la porte de gauche, Mulot entre au bras de sa fille. Il
marche péniblement et se dirige vers un fauteuil. Il ne voit
pas tout d'abord Ricard qui est remonté au fond et a été
prendre le bouquet laissé sur la chaise.*

MARIE, *installe son père et dispose des coussins.*

Appuie ta tête, mon papa...

MADAME MULOT.

Comment te sens-tu ? Félix ?

MULOT.

Mieux, vraiment mieux. Il faudra bien que nous
en venions à bout de cette bête de maladie. Je me
trouve tout à fait gaillard aujourd'hui.

RICARD, *s'avançant.*

Je suis heureux de vous entendre parler ainsi,
mon cher monsieur Mulot. (A Marie.) Mademoiselle
Marie permettez-moi de vous présenter mes hommages et ces modestes roses... ·

MARIE, *prenant le bouquet.*

Comme elles sont fraîches et jolies !... Merci,
William.

*Pendant la scène, elle place les fleurs dans un vase posé
sur une table.*

MULOT, tendant la main à Ricard.

Vous ici, Ricard, au milieu de la journée ? Et ce bureau ? On lui fait donc des infidélités ?... Coureur...

RICARD.

Ne me grondez pas. C'est avec l'assentiment, je puis dire, sur l'ordre même de M. Dumersan que vous me voyez. Lorsqu'il a su que vous aviez été hier un peu plus souffrant que de coutume, il a tenu à ce que je vinsse moi-même prendre de vos nouvelles.

MULOT.

Brave cœur! (A sa femme.) Tu vois, Mélanie... Tes préventions...

MADAME MULOT, elle s'est assise à un travail de couture.

J'avais tort, mon ami.

RICARD.

Je venais justement de conter à madame Mulot, combien le patron s'intéressait à votre santé... à votre situation ?... Tenez, ce matin, lorsque je suis arrivé à la Banque, M. Dumersan m'a fait appeler dans son cabinet et nous avons eu à votre sujet une langue conversation d'une bonne demi-heure!

MULOT.

Vraiment ?

RICARD.

Oui. Il s'est informé du point où en étaient vos affaires... (Sur un mouvement de Mulot.) Oh!... très discrètement, et même, avec une délicatesse que, franchement, je ne lui aurais pas soupçonnée.

MULOT, vivement.

Qu'avez-vous répondu ?

RICARD.

La vérité. J'ai répondu que malgré les liens si
étroits qui allaient bientôt m'unir à votre famille,
vous aviez jugé bon de ne pas me faire part encore
de votre résolution définitive ; j'ai répondu que vous
paraissiez avoir de 'la répugnance à aborder un sujet pareil qui réveillerait en vous une émotion trop
récemment pénible, et j'ai ajouté que, pour ma
part, j'avais crû de mon devoir strict de ne pas insister jusqu'ici auprès de vous. M. Dumersan a fait
de même auprès de moi... n'était-ce pas ce qu'il
fallait dire ?

MULOT.

J'apprécie votre réserve. Je vous en sait gré, mon
ami.

RICARD.

N'en parlons plus.

> Il remonte vers Marie, lui parle bas, la conduit douce-
> ment vers la porte du fond, à droite. — Marie sort.

MADAME MULOT.

William a oublié de te dire, Félix, que nous allons recevoir d'ici quelques jours... demain... aujourd'hui peut-être, la visite de M. Letourneux.

MULOT.

Qui ça ? Letourneux ?

MADAME MULOT.

Tu ne connais pas maître Letourneux, un notaire...?

MULOT.

Un notaire ?

MADAME MULOT, bas.

Mais oui... Tu sais bien... *son* notaire... *Elle* avait
un notaire, n'est-ce pas, William ?

RICARD, revenant.

Madame ?

MADAME MULOT.

Le notaire...

RICARD.

Ah ! parfaitement ! Un clerc de l'étude de maître Letourneux est venu vous demander à la banque... il y a ma foi quelques jours. On lui a, comme de juste, répondu que vous étiez souffrant. Alors, il s'est enquis de votre adresse personnelle en ajoutant que son patron passerait chez vous. Voilà tout.

MULOT, nerveux.

Je n'ai pas besoin de voir ce notaire. Je n'ai que faire avec lui.

MADAME MULOT.

Mon ami... voyons...

MULOT, résolu.

Qu'est-ce qu'il lui prend de venir chez moi... qu'il attende que j'aille le trouver... je ne le recevrai pas.

MADAME MULOT, allant à lui.

Félix !

RICARD, même jeu.

Monsieur Mulot !...

MULOT, les écartant.

Laissez-moi... Pour l'amour de Dieu... laissez-moi !...

MADAME MULOT.

Personne ne songe à te faire violence... que tu es drôle !

MULOT, éclatant.

Qu'est-ce qu'il me veut ce monsieur ? Je ne le

connais pas. Est-ce que je me suis adressé à lui,
moi ? Je suis malade, du reste, ce n'est pas le moment, je n'ai pas la tête à moi... A-t-on jamais vu...
Qu'il aille au diable...

Il retombe accablé et cache son visage dans ses mains.

MADAME MULOT.

Mon ami, je t'en supplie... sois raisonnable.

RICARD.

Calmez-vous. Vous allez vous énerver, sans nécessité. Permettez-moi de vous faire observer seulement que maître Letourneux n'est pas le premier
venu. Il a une grosse situation. C'est un officier
ministériel considérable...

MADAME MULOT.

Le Président des notaires... Entends-tu Mulot ?

RICARD.

Il est moralement impossible de lui refuser votre
porte... Ecoutez-le d'abord. Libre à vous d'agir ensuite, comme vous l'entendrez...

MADAME MULOT.

Ecoute-le d'abord. Libre à toi d'en faire à ta tête...
après.

MULOT.

Mon Dieu, mon Dieu! (A part.) Ma pauvre enfant!...
Ils ne peuvent donc pas te laisser dormir en paix?...

JUSTINE, annonçant.

Monsieur Letourneux !

RICARD, bas à Mulot.

Soyez maître de vous...

SCÈNE IV

MULOT, MADAME MULOT, RICARD, MAITRE
LETOURNEUX, puis MARIE.

LETOURNEUX, à Madame Mulot et à Ricard qui vont à lui.

Votre serviteur, madame... salut, jeune homme.
(Avançant.) Monsieur Félix Mulot, je présume ?

MULOT, se levant.

Je suis en effet Félix Mulot... Veuillez m'excu-
ser, monsieur, je suis fort souffrant.

Il se rassied.

LETOURNEUX.

Faites, faites, je vous prie. Je ne fatiguerai pas,
du reste, votre attention. Mon temps est précieux :
il appartient à ma clientèle, et j'ai le devoir de m'en
montrer strictement économe. Une question préalable. Vous ne voyez pas d'inconvénient à ce que
cet entretien de nature intime, ait lieu en présence
de tiers ?

MULOT.

Aucun, monsieur. (Présentant.) Madame Mulot, ma
femme... Monsieur Ricard, mon futur gendre...

LETOURNEUX, saluant.

Parfait.

RICARD, s'avançant.

Pardonnez-moi, messieurs. Je vous demande la
permission de me retirer. Ma présence ici serait
sans utilité. Je dis plus, elle me paraîtrait peu cor-
recte. Vous avez à traiter une question d'argent. Je

n'ai point, ou n'entends pas avoir voix au chapitre. Ce que vous aurez décidé en dehors de moi, sera bien. Je m'incline par avance. Permettez-moi, messieurs, de prendre congé de vous.

MULOT.

Faites comme vous l'entendrez, William.

Il lui tend la main. Ricard salue et sort.

LETOURNEUX.

J'apprécie la délicatesse de ce jeune homme. Il n'est pas de son siècle, il paraît désintéressé.

MADAME MULOT.

Il est si intelligent!

LETOURNEUX, la regardant.

Ah! (Pause.) Je reprends... Est-ce une illusion?... On a frappé.

MARIE, paraissant à la porte de droite au fond. Elle tient une tasse à la main.

Pardonnez-moi...

MULOT.

Laisse-nous, mon enfant, nous avons besoin d'être seuls.

MARIE, à Letourneux.

Excusez-moi si j'insiste, monsieur, mais il est trois heures, et c'est le moment où mon père doit prendre sa potion. Le docteur l'a expressément recommandé.

MULOT.

Tout à l'heure, ma chérie... plus tard.

LETOURNEUX.

Du tout. Mademoiselle a raison... Les maladies, comme les affaires ont leurs exigences. Buvez, buvez, monsieur Mulot... cause majeure

MULOT.

Alors, vous permettez.

Il boit.

LETOURNEUX, examinant Marie, à part.

Ni bien, ni mal. Les traits de la sœur, en moins fin. Elle tient de la mère. (A madame Mulot.) Notre jeune fiancée?

MADAME MULOT.

Oui, monsieur... ma fille unique.

LETOURNEUX.

Mes félicitations à monsieur Ricard. (A part.) Ensemble quelconque...

MULOT.

Va, ma fillette... va... et qu'on ne nous dérange plus.

MARIE, embrassant son père.

Pardon encore, monsieur.

Elle sort.

SCÈNE V

Les Mêmes, moins RICARD et MARIE.

LETOURNEUX.

Aimable jeune fille!... Je reprends. Et d'abord, pour être précis, quelques mots d'exposition me paraissent indispensables. Je vous serai obligé de ne point m'interrompre à moins d'absolue nécessité. Hum! (Il tousse, se mouche et se prépare à parler. Tous prennent un siège.) Le vingt-quatre de ce mois dernier, est décédée à Paris, en son domicile, mademoiselle Olga dite de Luzy, née Mulot, fille naturelle recon-

nue par le père seul, ainsi déclaré en l'acte de naissance. Bien. Du fait de ce décès, se trouvait ouverte la succession du « de Cujus. »

MADAME MULOT, timidement.

Du ?

LETOURNEUX.

Du « de cujus »... « De cujus successione agi-
tur »... C'est un terme juridique que nous emprun-
tons au latin pour plus de clarté. Il signifie en
français : défunt.

MADAME MULOT

Ah !...

LETOURNEUX.

Par le vœu de la loi, en l'absence de tout descen-
dant direct, la succession de l'enfant naturel se
trouve dévolue en totalité au père qui seul l'a recon-
nue. Article 765 code civil, c'est notre espèce.

MULOT, à demi-voix.

Oui.

LETOURNEUX.

Une première question se posait. Existait-il un
testament ? Réponse affirmative.

MADAME MULOT, même jeu.

Ah !

LETOURNEUX.

Un testament authentique avait, en effet, été ré-
digé en mon étude au cours même de cette année.
Seconde question. Ce testament contenait-il des dis-
positions susceptibles de modifier dans une mesure
quelconque, l'application du principe de dévo-
lution posé par la loi ? En d'autres termes, certai-
nes personnes avaient-elles été avantagées par la

testatrice au préjudice de l'héritier légal, le père ?...
Réponse négative.

MADAME MULOT.

Ah!

LETOURNEUX.

Le testament dans son ensemble ne fait que con-
firmer le vœu du législateur... Cependant, pour
mémoire, il y a lieu de mentionner quelques legs
particuliers d'une importance minime. Détails inutiles à aborder momentanément.

MADAME MULOT.

Non.

LETOURNEUX.

Troisième question, capitale! Quelle était la situation active et passive de la succession. Réponse
aisée et dont nous possédons d'ores et déjà les élé-
ments essentiels... En bloc, d'une part, le passif
peut s'élever à un chiffre de cent cinquante mille
francs maximum.

MADAME MULOT.

Tant que ça!

LETOURNEUX.

Et l'actif, par contre, à un chiffre de dix-sept
cent mille francs, minimum.

MADAME MULOT.

Ah! mon Dieu! mon Dieu! mon Dieu!
          Elle éclate en sanglots et saute au cou de Mulot.

MULOT.

Assez, monsieur, assez... je vous en conjure !...

LETOURNEUX.

Permettez, je vais avoir fini. Je me résume d'un

mot : Situation excellente.¶Succession de premier ordre, impliquant, sans l'ombre d'une hésitation, une acceptation pure et simple.

MULOT.

Une acceptation pure et simple, dites-vous ?

LETOURNEUX.

Les yeux fermés...

MULOT.

C'est votre avis ?

LETOURNEUX.

C'est mon avis.

MULOT.

Comme notaire ?

LETOURNEUX.

Comme notaire... évidemment.

Pause.

MULOT, hésitant.

Et... et... comme homme ?

LETOURNEUX.

Comme homme ?... Je ne saisis pas cette distinction... Un notaire ne se scinde pas, monsieur.

MULOT.

Maître Letourneux, excusez-moi, mais écoutez-moi ! Vous occupez, m'a-t on dit, une situation considérable... Vous êtes Chevalier de l'Ordre de la Légion d'Honneur, et Président de la chambre des Notaires. Je ne suis, moi, qu'un pauvre vieux bonhomme de caissier, malade et sans place. Mais je vous jure que je suis un honnête homme... En votre âme et conscience, Maître Letourneux, veuillez répondre à ma question, je vous en conjure, en votre âme et conscience, qu'est-ce qu'il faut que je fasse ?

LETOURNEUX, un peu surpris.

En mon âme et conscience... Je croyais vous l'avoir démontré. Peut-être, cependant, ne me suis-je pas suffisamment fait comprendre. On n'est d'ailleurs jamais assez explicite. Il est nécessaire, dès lors, que j'entre dans certains détails. Aussi bien, mademoiselle de Luzy, née Mulot m'honorant de sa confiance la plus absolue, et n'opérant aucun placement de capitaux sans m'avoir consulté au préalable, j'ose le dire, il me sera facile, avant même la rédaction de l'inventaire, de satisfaire votre impatiente mais légitime curiosité. (Tout en parlant, il prend son portefeuille, et en tire une carte manuscrite, à laquelle il se réfère.) J'ai eu l'honneur de vous indiquer d'un mot, trop sommairement, parait-il que l'actif de la succession dont il s'agit, s'élevait, ensemble, à dix-sept cent mille francs, chiffre rond. Je vais préciser : cet actif se décompose ainsi...

MULOT, il s'est assis.

Inutile... Je n'ai pas besoin...

LETOURNEUX, sévèrement.

Ah! permettez!... Je m'acquitte actuellement d'un devoir professionnel et vous serais obligé de me bailler licence de le remplir.

MADAME MULOT.

Ecoute donc, Félix. Laisse parler, monsieur le notaire; il connait mieux que nous toutes ces choses-là.

LETOURNEUX, avec un signe d'assentiment à madame Mulot.

Cet actif se décompose ainsi : Premier lot : Un

hôtel d'habitation sis au quartier Monceau, provenant d'une donation, acte passé en mon étude. Des titres de propriété annexés, il résulte que cet immeuble avait été antérieurement acquis par monsieur le Comte de X... donateur, moyennant le prix principal de deux cent cinquante mille francs.

MULOT, interrompant.

Monsieur, monsieur...

LETOURNEUX.

Vous tenez à rendre ma tâche particulièrement difficile, monsieur Mulot. Je le constate avec regret. (Pause.) Je continue. Constructions subséquentes de communs, écuries et remises, cinquante mille francs. Deuxième lot : Rentes sur l'Etat : trois pour cent, trois pour cent amortissables : Ensemble : Six cent mille francs. Troisième lot : Valeurs de premier ordre : Banque de France, Crédit Foncier, chemins de fer français, ensemble : Trois cent mille francs. Quatrième lot : Mobilier, bijoux, objets d'art, tableaux... évalués deux cent cinquante mille francs. Cinquième lot : Propriété à la Condamine, Monte-Carlo, Principauté monagasque... Cent mille francs. Sixième lot : Valeurs diverses, de second, troisième et quatrième ordre : Etablissements Duval, lits militaires, Oural Volga, quatre pour cent, Brésilien, chemins de fer Roumains. Helléniques 1881, Chartered, Mines de Rio Tinto... etc... etc... un peu de tout. Valeur nominale : Cent cinquante mille francs ; valeur réelle difficile à établir, en tout cas, bien inférieure à cette somme. Total général : Un million et sept cent mille francs. C'est le chiffre, si je ne me trompe, que j'avais eu l'honneur de vous indiquer tout d'abord en bloc.

MADAME MULOT.

Nous vous sommes bien obligés, mon mari et moi !

LETOURNEUX.

Permettez. Soyons complets. Chapitre des dettes. Créances de fournisseurs : bijoutier, couturier, carossier, tapissier, etc... Ensemble cent cinquante mille francs. Mémoires réductibles, du reste, à faire examiner et régler par experts, et dont une partie appréciable sera soldée, en définitive, par des fonds étrangers à la succession. C'est tout au moins présumable.

MULOT.

Je ne comprends pas!

LETOURNEUX.

L'hypothèse s'est réalisée déjà pour les frais funéraires et de dernière maladie : Quatre mille francs de ce chef, ont été réglés en dehors de nous... par un tiers... qui, obéissant à un sentiment de délicatesse auquel il convient de rendre hommage, désire, vis-à-vis de vous, conserver l'anonyme.

MULOT, vivement.

Maître Letourneux, vous voudrez bien faire parvenir immédiatement quatre mille francs a une œuvre charitable quelconque, à votre choix, et faire en sorte que la totalité des dettes soient éteintes sur l'actif seul de cette succession. C'est ma volonté expresse...

LETOURNEUX.

J'en prends bonne note. (Il écrit sur son carnet.) Avez-vous quelque autre recommandation à me faire ? Non. Allons, voilà qui est bien, mon rôle est terminé, pour le moment. Un de mes clercs vous apportera dans la journée le dossier complet, avec les pièces à signer. Il se tiendra à votre disposition, pour entrer, avec vous, dans tous les détails. C'est un travail de longue haleine, auquel il m'est personnellement impossible de me livrer. Voilà ce qu'il faut comprendre, que diable, mon cher monsieur Mulot. Il ne me reste plus qu'à vous exprimer mes félicitations ainsi que mes vœux pour votre prompt rétablissement. Je ne doute pas d'ailleurs, que vous ne trouviez dans les devoirs nouveaux qui vous incombent, — j'entends la gestion d'une fortune considérable — des forces inattendues pour triompher du malaise dont vous souffrez. Au revoir, donc, mon cher client, — ce titre vous appartient désormais, — et mes affectueux hommages à cette aimable jeune fille, dont je me fais un plaisir, par avance, d'avoir à rédiger bientôt le contrat de mariage. Votre serviteur, madame, ne vous dérangez pas, je vous prie. Je ne le souffrirais pas.

Il sort.

SCÈNE VI

MULOT, MADAME MULOT, puis JUSTINE.

MADAME MULOT.

Il est très bien ce notaire... très convenable.

MULOT.

Tu trouves, toi?

MADAME MULOT.

Mais certainement. Est-ce qu'il ne te plait pas?

MULOT, indifférent.

Autant celui-là qu'un autre...

4

MADAME MULOT.

Parce que s'il ne t'allait pas, vois-tu, Mulot...
nous pourrions le changer. Nous sommes libres,
après tout. Nous n'avons plus à nous gêner... Quand
on est riche...

MULOT.

Sommes-nous riches ?

MADAME MULOT.

Mais...

MULOT.

Je n'en sais rien encore, moi... rien... absolument rien...

MADAME MULOT.

Comment ?... Que veux-tu dire ?...

MULOT, se levant.

Ce que je veux dire ?... Mais tu ne comprends
donc pas, pauvre femme que tu es, tu ne comprends
donc pas que depuis trois semaines, je suis à la
torture : qu'il me faut prendre une décision au sujet
de cet héritage ; que je n'en ai pas le courage, et
que j'ai conscience seulement de ma faiblesse... de
ma lâcheté...

MADAME MULOT.

Mais tu perds la tête !... Es-tu fou ?

MULOT, marchant avec agitation.

Fou, dis-tu ?... Quel mot viens-tu de prononcer là !
Fou... Fou !... Ah ? que je voudrais l'être... fou...
oui... si j'étais fou... enfermé... loin d'ici... je ne
souffrirais pas comme je souffre, je n'endurerais
pas le martyre que j'endure... Oui... Alors, tout serait bien... Vous feriez ici ce que vous voudriez...

tout seuls... sans moi... Et je n'en saurais rien...
Tandis que... Ah! j'ai honte de moi!...

Il tombe accablé.

MADAME MULOT.

Félix... Ah! mon Dieu!... Je ne t'ai jamais vu
comme ça... Tu ne m'as jamais parlé ainsi.

JUSTINE, entrant.

Madame...

MADAME MULOT.

Laissez-nous...

JUSTINE.

C'est le boucher. Il apporte sa note.

MADAME MULOT.

Pas en ce moment... qu'il repasse...

JUSTINE.

C'est qu'il ne veut pas démarer... Il dit comme
ça, qu'il y a plus de dix fois qu'il revient, qu'on lui
doit soixante francs; qu'il a besoin de son argent...
et un tas de choses malhonnêtes.

MADAME MULOT.

C'est bon! Etes-vous allée chez la marchande à la
toilette, pour mon châle?

JUSTINE.

Madame Reversin dit qu'il est trop tard... qu'on
n'a pas voulu de ses cinquante francs hier et qu'aujourd'hui, ça n'en vaut plus que quarante...

MADAME MULOT.

Ma bonne Justine... Courez chez elle... prenez ce
qu'elle vous offrira... quoique ce soit... et donnez-
le comme à compte à ce boucher...

JUSTINE.

J'y vais, madame.

Elle sort.

MADAME MULOT.

Tu vois, Félix, où nous en sommes...

MULOT.

Que Dieu ait pitié de nous!...

SCÈNE VII

Les Mêmes, DUMERSAN.

DUMERSAN, entrant.

Dites-moi, vous avez dans votre antichambre un malotru qui fait du tapage et raconte vos petites histoires à qui veut les entendre. Ça m'a tout l'air d'un fournisseur. Vous ferez bien de lui retirer votre pratique. C'est le conseil que je vous donne. En attendant, faites-lui l'aumône des trois louis qu'il réclame et fourrez-moi ça à la porte, oust! (Il tire de son portefeuille un billet et le tend à madame Mulot.) Vous garderez la monnaie.

MADAME MULOT.

Cinq cents francs! Oh! Monsieur Dumersan, quelle reconnaissance.

DUMERSAN.

Pas de remerciements. Vous ne me devez rien. C'est le mois d'appointements de M. Mulot que je règle d'avance. Voilà tout. Et maintenant, ma chère dame, veuillez nous laisser un peu tranquilles ; J'ai deux mots à dire à votre mari.

Madame Mulot fait un geste d'acquiescement et sort.

SCÈNE VIII

Les Mêmes, moins MADAME MULOT.

MULOT.

Monsieur Dumersan, au moment où vous êtes entré, j'invoquais la Providence. C'est vous qu'elle a envoyé pour nous sauver.

DUMERSAN.

C'est très gentil, Mulot, ce que vous racontez-là. Je suis le délégué de la Providence... Soit! Eh bien, elle m'a chargé d'une commission pour vous... la Providence... Elle est très étonnée que vous ayez affaire à elle... si ce n'est pour guérir vos étourdissements... et encore.... une purge vaudrait peut-être mieux... Ah ça! vous n'avez donc pas le sou, ici?

MULOT.

Vous le voyez.

DUMERSAN.

Et cette succession? On dit qu'elle s'élève à près de deux millions liquidés?

MULOT.

C'est la vérité.

DUMERSAN.

En quinze jours... dans votre lit,... vous n'avez pas eu le temps de les manger, que diable! Alors... Qu'est-ce que vous en faites?

MULOT.

Rien.

4.

DUMERSAN.

Hein?

MULOT.

Rien...

DUMERSAN.

J'avais bien entendu... Dites-moi, Mulot, est-ce
que vous me prendriez pour un naïf? Cela m'humi-
lierait, et ça ne serait pas juste. Je vous en préviens.

MULOT.

Monsieur Dumersan... pouvez-vous croire?...

DUMERSAN.

Non?... Alors vous avez la berlue, j'aime mieux
cela.

MULOT.

Hélas, je ne sais pas ce que j'ai!... Sinon que je
souffre et que je suis bien malheureux. Cet héritage,
voyez-vous, c'est ma maladie : la vraie... et elle est
cruelle. Je crois bien maintenant que je n'y survi-
vrai pas.

DUMERSAN.

Eh là!... Eh là!... pas d'enfantillages.

MULOT.

Je parle sérieusement, croyez-moi. Depuis ce jour
maudit, je ne dors plus. Pas une heure de calme,
pas une minute de repos : Toujours cette pensée que
je ne puis chasser : cette obsession inexorable, que
moi, qui suis vieux, misérable, impotent, bon à rien
maintenant. — Oh! je ne me fais plus d'illusions, allez! — j'ai là, sous la main, à mes pieds, deux
millions... dix fortunes! Et cet or, pour m'en empa-
rer, pour qu'il soit à moi, il faut que je me mette à

deux genoux à terre, et que je le ramasse dans la
boue! Ah! voyez-vous, monsieur Dumersan, quand
je songe à cela, et j'y songe toujours, je sens que je
ferais mieux de fermer une bonne fois les yeux
pour ne plus rien voir, les oreilles pour ne plus rien
entendre. Oui... j'ai le désir fou d'en finir tout de
suite au lieu de me laisser soigner, de prendre des
drogues, et de me cramponner lâchement à la vie...
comme je le fais!

DUMERSAN, à part.

Le bonhomme est renversant, ma parole d'honneur... (Haut.) Voyons, Mulot, voyons. Un peu de
calme et raisonnons. Ce que vous venez de me dire
là, c'est très joli, très touchant, très sentimental,
très romanesque... très... tout ce que vous voudrez...
Mais ça se passe dans les nuages. Redescendons
un peu sur la terre, il n'est que temps et voyons la
situation, telle qu'elle est... sans poésie, en ban-
quiers.

MULOT.

Si vous voulez, monsieur.

DUMERSAN.

Vous êtes un parfait honnête homme, Mulot, c'est
entendu,... puisque vous êtes mon caissier... et je
vous en fais mon compliment. Mais il ne s'agit pas
de ça pour le moment. Suivez-moi bien... Dans l'affaire en question... car c'est une affaire, ne l'oublions pas, rien qu'une affaire... vous ne représen-
tez, vous, qu'un seul des intérêts en jeu. Or, ils sont
multiples. J'en compte jusqu'à trois des plus sérieux
en dehors de vous : votre femme, votre fille, votre
gendre. Notez que je laisse de côté, pour mémoire,
ces petits actionnaires de demain, ces petits obliga-
taires futurs, dont il y aurait lieu peut-être de se

préoccuper dès aujourd'hui : J'entends vos petits
enfants!... La famille, voyez-vous, c'est une raison
sociale, et l'on est toujours dans la vie, plus ou
moins d'un syndicat. Vous n'avez pas l'air de vous
en douter suffisamment, mon cher, et vous traitez
un peu trop cavalièrement les intérêts de vos co-
associés... Hier, vous n'aviez pas le sou,... votre
affaire de famille était détestable. Aujourd'hui,
grâce à des capitaux inespérés... elle devient su-
perbe. Avez-vous le droit de la sacrifier, de la faire
sombrer, quand même, sciemment, égoïstement?...
Tout est là! Il vous plaît de faire faillite tout seul,
ce n'est que maladroit. Vous imposez aux autres la
banqueroute : ça devient malhonnête.

MULOT.

Mais si ces capitaux dont vous parlez, monsieur,
proviennent...

DUMERSAN.

Eh! parbleu! Je vous attendais là!... que vous
importe? Une succession vous échoit qui, en droit
comme en fait, n'appartient à personne... qu'à vous.
Voilà le point. Vous la refusez, cette succession...
Qui en profite? l'Etat... c'est-à-dire un être vague,
impersonnel, mal défini, une formule sans précision
qui comprend la somme de tous les coquins que
vous haïssez, de tous les pleutres que vous mépri-
sez, de tous les indifférents dont vous n'avez cure
ni souci! Au lieu de la rejeter cette succession, vous
l'acceptez, qui en profite? L'Etat encore... mais
c'est à-dire, cette fois, vous, vos parents, vos amis,
moi, vos relations, vos pauvres, tous ceux enfin,
pour lesquels vous ressentez de l'affection, de l'estime, de la sympathie ou de la pitié. C'est donc
absolument la même chose? Soit... Mais dans la

première hypothèse, votre fortune va se disséminer en dehors de vous, je ne sais comment, sans contrôle, tandis que, au second cas, c'est vous-même qui la gérerez, qui la placerez, qui la distribuerez, qui en ferez bénéficier enfin tous ceux, mais ceux-là seulement, que vous en aurez jugés dignes. Est-ce compris ?

MULOT.

En vérité...

DUMERSAN.

Tenez, prenons un exemple. Ce sera plus clair. La banque Dumersan... ma banque... vous vous y intéressez ?...

MULOT.

Ah ! monsieur... Après ma fille et ma femme... votre banque est ce que j'aime le plus au monde... C'est qu'elle est aussi, presque mon enfant... ma filleule, si vous me permettez de parler ainsi ; j'étais là à sa naissance, je l'ai connue toute petite, haute comme ça. Puis, je l'ai vue grandir, prospérer de jour en jour, jusqu'à ce qu'elle fût devenue en trente ans, la belle et forte personne qu'elle est aujourd'hui. Ça attache, voyez-vous, ces souvenirs-là !

DUMERSAN.

Papa Mulot, vous êtes plein de poésie ! Eh bien, votre filleule, puisque filleule il y a, est devenue légèrement anémique depuis quelque temps. Son sang manque de fer... ou d'argent... Oui, trois ou quatre cent mille francs de reconstituants ne lui feraient pas de mal en ce moment. Soyez un bon parrain. Offrez-les lui, c'est une honnête fille... ma banque... Elle vous les rendra avec un intérêt... raisonnable.

MULOT.

Que dites-vous ?

DUMERSAN.

Je ne plaisante plus, Mulot. Vous savez l'état des affaires. Elles sont loin d'être brillantes. Quatre cent mille francs me feraient plaisir à la fin du mois. Puis-je compter sur vous ?

MULOT.

Hélas, monsieur Dumersan...

DUMERSAN.

C'est dit ! Vous voilà mon commanditaire. Vous voyez que je ne suis pas aussi fier que vous, moi. Ma fortune ne me le permet... fichtre pas !... Allons, c'est convenu et au revoir.

Fausse sortie.

MULOT.

Monsieur Dumersan, je suis profondément touché de l'honneur que vous consentez à me faire... Croyez bien... J'apprécie toute la délicatesse...

DUMERSAN.

Ah ! ça ! est-ce que vous hésitez encore ? Voyons, voyons. Je n'ai pas pris langue avec Letourneux, moi... mais je sais qu'il vous a fait une visite... exceptionnelle. Quel est son avis ?

MULOT.

Le vôtre...

DUMERSAN.

Pardieu, voilà la vérité... Et Letourneux, sachez cela, Mulot, est le plus honnête homme que je connaisse... après moi ! Allons, adieu.

Fausse sortie. La porte s'ouvre, entre Pichery.

SCÈNE IX

Les Mêmes, PICHERY.

DUMERSAN.

Eh! mais!... Je ne me trompe pas... C'est Pichery... Le joyeux Pichery !

PICHERY.

Lui-même,.. Prince de la Finance!

DUMERSAN.

Chez Mulot... par quel hasard ?

PICHERY.

Pas d'hasard. (Bas.) Je suis un peu de la famille...
par Olga.

DUMERSAN, même jeu.

Tiens... c'est juste, au fait.

PICHERY, allant à Mulot.

Comment va ? Mieux que la dernière fois, hein ?
Dam ! Nous n'étions pas à la gaudriole.

MULOT.

Hélas !

PICHERY.

Bah, il faut se secouer... C'est la vie, que diable...
on n'en meurt pas.

DUMERSAN.

Philosophe, va !

PICHERY.

Eh ! mais... à mon heure. Dites-moi, mon cher
Mulot, je suis venu, primo, prendre de vos nouvelles, secundo, causer affaire avec vous.

MULOT.

Je vous suis obligé, monsieur Pichery. Mais vous me voyez fort souffrant, et s'il vous était possible de remettre cette conversation à un autre jour...

PICHERY.

A votre aise... Je ne tiens pas absolument à vous, moi ; madame Mulot est-elle là ? Elle ferait aussi bien mon affaire...

MULOT.

Puisque vous n'y voyez pas d'inconvénient, je vais prévenir ma femme. Excusez-moi, j'ai besoin d'un peu de repos. Adieu, monsieur Pichery, au revoir, monsieur Dumersan.

DUMERSAN, bas, à Mulot.

Et maintenant Mulot, plus d'enfantillages, j'espère. Soyons sérieux. Finissons-en. Vous savez que je table sur vos quatre cent mille francs fin du mois, — et si d'ici-là, vous avez besoin de quelques sous... ne vous gênez pas.

MULOT.

Merci, merci, monsieur Dumersan.

Il sort.

SCÈNE X

LES MÊMES, moins MULOT.

PICHERY, s'asseyant.

Un peu flapi, papa Mulot...

DUMERSAN.

Dam !... Il vient d'hériter... La secousse...

PICHERY.

C'est un beau rêve...

DUMERSAN.

Deux millions...

PICHERY.

Non, dix-sept cent mille balles...

DUMERSAN.

Tiens, vous savez le chiffre exact, vous ?...

PICHERY, se rengorgeant.

La pauvre petite n'avait pas de secrets pour moi.

DUMERSAN, riant.

Ah! mon gaillard... Dites donc... au fait.. le bruit court à la Scala, que vous y étiez pour quelque chose, vous... dans ces dix-sept cent mille francs?

PICHERY, se rengorgeant.

C'est possible... Mais ce quelque chose, je ne le regrette pas.

DUMERSAN.

Très régence... Bravo.

Lui tend la main.

PICHERY.

Voilà mon caractère!...

DUMERSAN.

Au revoir, grand comique!...

PICHERY.

Bonjour, gros banquier... Est-ce que l'on vous verra ce soir, au concert. Nous reprenons une vieille machine, de je ne sais plus qui... « L'Amour sans phrases!... »

DUMERSAN.

Drôle?

5

PICHERY.

Idiot... Sauf mon rôle dont j'ai fait quelque chose.

DUMERSAN.

La petite Trumeau est-elle de la pièce ?...

PICHERY.

Autant que possible... Deux répliques à l'apothéose.

DUMERSAN.

Allons... Je passerai peut-être vers onze heures.. Je me sauve.

Il sort.

SCÈNE XI

PICHERY, seul.

Bonsoir ! Et maintenant... Pichery... ma vieille !.. En scène... et au rideau !...

SCÈNE XII

PICHERY, MADAME MULOT.

PICHERY.

Madame... vous me voyez à vos pieds...

MADAME MULOT.

Mon mari me dit, monsieur, que vous avez une communication à nous faire.

PICHERY.

Mon Dieu, oui, en effet. J'aurais une petite requête à vous redresser. Il s'agit d'une bagatelle... d'une poussière...

MADAME MULOT.

Je vous écoute.

PICHERY.

Ma foi, voilà... C'était il y a quelques jours, le soir même, tenez de la mort de cette pauvre Olga... Pardon... de madame de Luzy... pardon, de mademoiselle Mulot... enfin, de ma jolie camarade... (A part.) Je bafouille !... (Haut.) Elle se trouvait par hasard dans ma loge. J'étais en train de m'habiller. Vous savez comment ça se passe au théâtre ?

MADAME MULOT.

Mais non, pas du tout...

PICHERY.

Ça ne fait rien... Bref, elle était dans ma loge... Moi, je faisais ma tête pour mon entrée du « deux ». Sur ma table, j'avais déposé une bague très simple, mais à laquelle je tiens comme à mes prunelles. Il y a des bijoux auxquels on tient... n'est-ce pas ?

MADAME MULOT.

Je ne saisis pas encore.

PICHERY.

Tout en causant, Olga... Non, mademoiselle Mulot... prend la bague et l'essaie à son doigt. « Tiens » dit-elle, « elle me va. C'est extrêmement drôle ! Tu serais bien gentil de me la laisser porter ce soir »... Ce soir ! Notez cela. C'était une fantaisie de jolie femme... sans conséquence. A ce moment, on m'appelle en scène et... vous savez le malheur qui est arrivé. Mon émotion ne m'a pas permis de reprendre mon bien... tout de suite, et je viens vous redemander l objet...

MADAME MULOT.

Mon Dieu, monsieur...

PICHERY.

Ma démarche est si naturelle... Je tiens beaucoup à ce hochet, je vous le répète. Du reste, je ne vois pas pourquoi je ne vous ferais pas un léger aveu. Les femmes comprennent les sentiments délicats, encore mieux que nous. (Entre deux tons.) C'est un souvenir qui m'est cher !...

MADAME MULOT.

Oh! monsieur!... Je ne vous demande pas de confidences.

SCÈNE XIII

MADAME MULOT, PICHERY, RICARD.

Ricard paraît au fond et reste contre la porte, écoutant la conversation.

PICHERY.

Et puis, je dois ajouter que cette bague a une véritable valeur intrinsèque. C'est un diamant... conséquent, entouré de rubis. Ni monsieur Mulot, ni vous, madame, ne consentiriez à profiter d'un malentendu, d'une véritable surprise. Je suis donc bien tranquille... (Souriant.) D'ailleurs, ce n'est qu'une gouttelette dans la mer azurée de votre succession!...

MADAME MULOT.

Je suis au regret, monsieur, mais je n'ai, pour le moment, qu'une réponse à vous faire. Mon mari n'a pas cru devoir prendre, jusqu'ici de décision au sujet de cet héritage dont vous parlez. Il ne nous appartient pas encore, et...

PICHERY.

Vous badinez !...

MADAME MULOT.

Je parle sérieusement, monsieur Pichery...

PICHERY.

Ah ! Diable ! diable !... Moi qui comptais.. Enfin !.. Puis-je espérer, du moins, madame, que le moment venu... ce bijou...

RICARD, s'avançant.

Vous sera restitué... Vous n'en doutez pas, monsieur Pichery... Mon beau-père, ma belle-mère et moi-même, nous serons trop heureux d'être agréables à un artiste de votre valeur...

PICHERY.

Je vous suis vraiment obligé... Alors, vous me permettrez de vous envoyer la description.

RICARD.

C'est inutile... Monsieur Pichery. Je connais cette bague. Elle est ma foi fort belle. Je l'ai remarquée à l'inventaire des bijoux... Tenez... elle porte, à l'intérieur, si je ne me trompe, des initiales entrelacées.

PICHERY, vivement.

Précisément... nos initiales... Un O et un H... Olga... Honoré... (A part.) Qu'est-ce que je bafouille ?

RICARD.

N'ayez aucune crainte... ce souvenir vous sera
rendu... intact.

PICHERY.

Comment vous remercier.

RICARD.

En aucune façon...

PICHERY.

Si... Si... Voyons... (Il tire son portefeuille.) Faites-
moi le plaisir d'accepter une loge pour la reprise
de ce soir. « L'amour sans phrases. »

RICARD.

Merci... nous sommes en deuil

PICHERY

Ah ! Tiens... c'est vrai... pardon... Bast! je vous
laisse toujours les places... Vous les collerez à n'importe qui... Encore mille grâces !... Madame, monsieur... (A part.) Ouf !

Il sort.

SCÈNE XIV

MADAME MULOT, RICARD, puis JUSTINE.

RICARD.

Bon voyage ! Et maintenant, parlons de choses
sérieuses... Monsieur Mulot vous a-t-il dit ?

MADAME MULOT.

Rien encore... Félix s'est retiré dans sa chambre
où il s'est enfermé.

RICARD.

Bon signe. Il livre sa dernière bataille, avant de capituler. De mon côté... je quitte Dumersan... Sa démarche a produit paraît-il sur l'esprit de votre mari, l'impression la plus vive. Dumersan d'abord, a parlé raison, ensuite, il l'a pris par les sentiments. Succès complets, si bien que monsieur Mulot, en fin de compte, a supplié son ex-patron d'accepter dans sa maison, un placement de capitaux, une commandite importante, cinq ou six cent mille francs. C'est un gage, cela!

MADAME MULOT.

Mais alors nous sommes sauvés !

RICARD.

Que vous en semble ?

MADAME MULOT.

Victoire!... Ah! je suis folle de joie!... Nous allons avoir une voiture à nous, et je pourrai voir l'Italie. Dire qu'il y a quarante ans que je fais ce rêve-là. Vous voyagerez avec nous. Votre mariage aura lieu à Rome et nous achèterons la bénédiction du pape! Je suis la plus heureuse des femmes... Embrassez-moi.

RICARD.

Très volontiers.

Il l'embrasse.

JUSTINE, annonçant.

Madame, c'est quelqu'un de chez le notaire.

MADAME MULOT.

Faites entrer, faites entrer...

SCÈNE XV

MADAME MULOT, RICARD, UN CLERC.

LE CLERC, saluant.

Je suis clerc chez Maître Letourneux.

MADAME MULOT.

Parfaitement, parfaitement. Donnez-vous la peine de vous asseoir. Excusez-moi de vous recevoir si simplement, nous ne sommes pas encore installés. Vous désireriez peut-être vous rafraîchir ? Je vais prévenir mon mari... Occupez-vous de monsieur,... Ricard...

Elle sort.

LE CLERC.

Cette dame est bien aimable, mais elle paraît un peu troublée.

RICARD, acquiesçant du geste.

Madame Mulot.

LE CLERC.

J'avais compris... (A part.) émotion successoriale, article 718, et suivants.

MADAME MULOT, rentrant.

Mon mari est souffrant. Il vous recevra dans sa chambre, monsieur, si vous voulez bien.

LE CLERC.

A vos ordres, madame.

Il sort.

SCÈNE XVI

MADAME MULOT, RICARD.

MADAME MULOT, plus qu'émue.

Ah! mon ami, mon bon ami!

RICARD.

Eh bien, madame, qu'avez-vous?

MADAME MULOT.

Vous voyez, je pleure!...

RICARD.

Calmez-vous.

MADAME MULOT.

Non... non... Ces larmes de joie, allez, elles me
font du bien. Pensez que, dans quelques instants,
c'est la fin de toutes nos misères. Plus de tracas,
plus d'humiliations!

RICARD.

Quelle revanche!

MADAME MULOT.

N'avoir plus qu'une chose à faire dans la vie, être
heureux... comme c'est simple.

RICARD.

Oui... avec de l'argent!

MADAME MULOT.

Et de l'argent, nous en avons beaucoup, énormé-
ment, presque trop!... Il paraît qu'il y a des gens
qui en disent du mal. Quel blasphème!

5.

RICARD

Mensonge !

MADAME MULOT.

Ce sont des orgueilleux.

RICARD.

Ou des hypocrites.

MADAME MULOT.

Ils ne sont pas dignes d'en avoir.

RICARD.

Ou ils sont incapables d'en gagner.

MADAME MULOT.

Au lieu que nous... l'argent...

RICARD.

Nous lui rendons justice. (Le clerc entre.) Voilà tout.

SCÈNE XVII

Les Mêmes, LE CLERC.

RICARD.

Déjà ?

LE CLERC.

Oui, monsieur.

MADAME MULOT.

C'est fait ?

LE CLERC.

Oui, madame.

RICARD.

Il accepte ?

LE CLERC.

Oui, monsieur.

MADAME MULOT.

Quand touchons-nous ?

LE CLERC.

Dans cinq ou six mois, peut-être.

MADAME MULOT.

Mais c'est un siècle !

RICARD.

Monsieur doit faire erreur... les formalités...

LE CLERC.

Erreur ? Moi ! (Il tire un code de sa serviette.) Délais légaux... Lisez...

RICARD, lisant.

Article 795 : « L'héritier a trois mois pour faire
» inventaire, à compter du jour de l'ouverture de
» la succession. Il a de plus, pour délibérer sur son
» acceptation ou sur sa renonciation, un délai de
» quarante jours... » Je ne saisis pas ?

LE CLERC.

C'est bien simple. Monsieur Félix Mulot croyant devoir accepter cette succession sous bénéfice d'inventaire.

MADAME MULOT.

Qu'est-ce que c'est que ça ?

RICARD.

Folie.

LE CLERC.

Ma foi, monsieur, dans l'espèce : c'est le mot. Pour ma part, je n'ai jamais vu accepter, sous bénéfice d'inventaire un héritage dont l'actif est si manifestement supérieur au passif. Perte de temps, frais inutiles, etc., etc,... Mais monsieur Mulot est buté, excusez cette expression. Je n'ai pu que m'incliner.

Un silence.

RICARD, après réflexion.

Pardon, monsieur. Un mot encore. Ce délai de quatre mois expiré. Monsieur Mulot conservera-t-il le droit de revenir sur son acceptation actuelle ?

LE CLERC.

Assurément. Son acceptation actuelle n'est que provisoire, nullement définitive. Le délai expiré, M. Mulot conserve le droit absolu d'accepter ou de refuser à nouveau.

MADAME MULOT.

Alors, tout sera à recommencer?

RICARD.

Je vous remercie, monsieur.

LE CLERC.

A vos ordres.

Il salue et sort.

SCÈNE XVIII

MADAME MULOT, RICARD.

MADAME MULOT, s'est affaissée sur un fauteuil.

Allons, c'est fini, bien fini cette fois Félix n'acceptera jamais... Dans quatre mois, ce sera la même chose. Tout s'écroule... Qu'allons-nous devenir ?

Elle sanglotte. Un temps.

RICARD, après avoir profondément réfléchi.

Madame... Ecoutez-moi.

MADAME MULOT.

A quoi bon, c'est inutile... Pourquoi lutter ?

RICARD.

Ecoutez-moi.

MADAME MULOT.

Nous sommes perdus.

RICARD.

Nous sommes sauvés, vous dis-je... Nous tenons votre mari, c'est infaillible... Quoi qu'il veuille, quoiqu'il fasse, maintenant, il est à nous... Je vous le jure! Essuyez vos yeux, et suivez-moi bien... (Il prend une chaise, s'assied à côté d'elle et se prépare à parler.) Voici mon plan...

Rideau.

ACTE TROISIÈME

Le salon du second acte. Quelques meubles nouveaux, notamment une chaise longue pour malades. A certains détails de mise en scène, il apparaît que quelques achats ont été réalisés, des dépenses faites qui rendent la pièce plus confortable, plus agréable à l'œil.

SCÈNE PREMIÈRE

MADAME MULOT, puis JUSTINE.

MADAME MULOT, achèvant de déballer d'une caisse en bois blanc pleine de paille, deux grands vases de couleurs criardes, où elle dispose des fleurs artificielles. Reculant d'un pas pour mieux juger de l'effet.

Là!... (Appelant.) Justine !

JUSTINE, entrant.

Madame !

MADAME MULOT.

Emportez-moi cette caisse dans votre cuisine. Ramassez bien les brins de paille surtout... Qu'il n'en traîne pas sur le tapis neuf.

JUSTINE.

Oui, madame. (Ramassant la paille.) Ah! les beaux vases!

Elle se relève.

MADAME MULOT.

Ils sont distingués, n'est-ce pas? C'est du « Chino-Japonais »...

JUSTINE, avec admiration.

Je me disais aussi.

MADAME MULOT, arrange les fleurs dans les vases.

Tout ce qu'il y a de plus moderne... En les apercevant à la devanture de madame Reversin, je ne me suis pas senti la force de résister... Il faut dire aussi que je les ai eu pour rien... cent vingt francs les deux, avec un lot de fleurs artificielles par dessus le marché.

JUSTINE.

Voilà ce qui s'appelle une occasion! Madame n'en rate pas une.

MADAME MULOT, porte le premier vase sur la cheminée.

Il suffit pour cela, ma fille, d'avoir un peu de flair et de goût...

JUSTINE, à part.

Avec de l'argent à jeter par les fenêtres.

Elle sort en emportant la caisse.

MADAME MULOT, installant les vases sur la cheminée.

Là!... Comme c'est avantageux les fleurs en étoffe... l'odeur n'entête pas et c'est toujours frais, avec un coup de plumeau. Mulot va être ravi, lui qui aimait tant à faire le dimanche sa petite promenade dans l'herbe, et à rapporter le soir son bouquet de fleurs des champs. Il y a beau temps qu'il n'en a cueilli, le pauvre cher homme !

JUSTINE, entrant.

Madame, voici des papiers que la concierge vient de monter.

MADAME MULOT.

Donnez... Voyons... Des notes, des factures, du papier timbré... On a beau en avoir l'habitude, c'est plus fort que soi... ça donne toujours un petit frisson... (Elle jette un coup d'œil sur les papiers.) Le compte du tapissier... Douze cents francs... le boucher... cent quarante francs... l'épicier... le pharmacien... Et ça ?... une traite de deux cent cinquante francs ?... la barrique de vin de Bordeaux... Bon... son vin de Bordeaux... Ah ! une lettre adressée à Félix... Bast ! (Elle ouvre la lettre et lit :) « Monsieur, maître Letour-
» neux me charge de vous rappeler que c'est ce soir,
» 4 mars, qu'expire le délai de trois mois et quarante
» jours que la loi vous accordait pour accepter la
» succession de mademoiselle Olga de Luzy, née
» Mulot, ou pour y renoncer définitivement. Il y a
» donc urgence à prendre, sans plus tarder, une dé-
» cision ferme. En conséquence, un clerc de notre
» étude aura l'avantage de se présenter chez vous
» dans la journée. Vous voudrez bien lui donner vos
» instructions à ce sujet et signer les actes y rela-
» tifs... Veuillez agréer... etc... etc... » Bonté du ciel ! Déjà... Allons, le sort en est jeté... Ce que j'ai fait est-il bien... est-il bien... est-il mal !... Je ne sais plus... je ne sais plus !...

SCÈNE II

MADAME MULOT, RICARD.

RICARD.

Bonjour.

MADAME MULOT.

Ah! c'est vous William!

RICARD.

Eh bien! où en sommes-nous?

MADAME MULOT.

Tenez...

Elle lui tend la lettre du notaire.

RICARD, la parcourant d'un coup d'œil.

Oui, je sais... je sors de l'étude... J'ai fait également un tour chez vos fournisseurs... vous avez dû recevoir leurs notes?

MADAME MULOT, indiquant les papiers sur la table.

Là!...

RICARD.

Voyons cela... (Il prend une chaise, s'installe près de la table, tire un carnet et un crayon de sa poche, examine les papiers, et tout en parlant, aligne quelques chiffres.) Eh mais!... Voilà qui est parfait... En ajoutant à ces factures impayées votre compte d'avances chez Dumersan et Letourneux, nous obtenons un coquet petit total de près de huit mille francs...

MADAME MULOT, épouvantée.

Huit mille francs!

RICARD.

Huit mille francs de dettes... C'est très suffisant... Et maintenant que vos batteries sont dressées, il ne reste plus qu'à donner l'assaut.

MADAME MULOT.

Ah ! je ne sais en vérité, si j'en aurai le courage!... Mon pauvre Félix, il n'a plus que le souffle... Voyez-vous, j'ai peur... oui, j'ai peur de lui porter le dernier coup... Ah! William... William, êtes-vous sûr, au moins que nous ayons bien agi ?

RICARD.

Absolument sûr... du reste il n'y a plus à reculer... Il est trop tard... Voilà ! grâce à vous, monsieur Mulot acculé à une situation sans issue... Il faut qu'il capitule... il le faut!

MADAME MULOT.

Seigneur !... Seigneur !...

Elle fond en larmes.

RICARD, allant à elle.

Voyons... Belle-maman, pas de nerfs... du sang-froid... vous allez en avoir besoin... que sert de vous mettre dans des états pareils ? A vous voir, ma parole, on croirait que vous allez commettre une mauvaise action... Dites-vous bien, au contraire, que vous êtes en train d'accomplir un devoir... un devoir sacré...

MADAME MULOT.

Un devoir ?...

RICARD.

Votre double devoir d'épouse et de mère... Est-ce pour vous, dites-moi, que vous travaillez ?... Est-ce pour vous que vous voulez la fortune ?

MADAME MULOT.

Ah!... moi, je l'ai toujours dit... Je vivrais avec un sou de pain!...

RICARD.

Vous, oui... Mais votre malade ?... Mais cette chère enfant que vous adorez... Marie... votre fille... ma fiancée... Songez à son avenir hier brisé, à ce que la vie lui réservait de privations, de larmes... Rappelez-vous ce que vous me disiez, il y a cinq mois, le soir, où pour la première fois, j'osai vous demander sa main !... Certes... je l'aimais beaucoup déjà... et pourtant... j'ai dû m'incliner devant la rigueur de vos arguments, c'était la loi de la misère !...

MADAME MULOT.

Hélas !...

RICARD.

Aujourd'hui, tout est changé, vous n'avez qu'à ouvrir les doigts pour entrer en possession d'un bien en déshérence, dont vous jouirez paisiblement, sans scrupules, après avoir désintéressé vos créanciers... Et tout le monde vous approuvera, et tout le monde vous entourera de considération... Tandis qu'autrement...

MADAME MULOT.

Autrement ?...

RICARD.

Mais, regardez donc autour de vous... Voyez, d'un côté, Maître Letourneux, piqué au vif, blessé dans sa dignité par cette obstination aveugle de monsieur Mulot, qui ne tient compte ni de ses conseils professionnels, ni de ses objurgations amicales.

MADAME MULOT.

C'est juste, pourtant!...

RICARD.

Dumersan, d'autre part, est fatigué d'attendre...
en se mettant de plus en plus à découvert... Ce matin, même, il me parlait de son caissier en termes
fort vifs...

MADAME MULOT.

Vrai ?...

RICARD.

« Je suis las », me disait-il, avec cette brutalité
que vous lui connaissez... « Je suis las de faire
bouillir le pot au feu d'un homme qui devrait être
en situation de m'offrir des faisans truffés »!...

MADAME MULOT.

Ma foi!...

RICARD.

Vos fournisseurs, enfin. En vous faisant, du jour
au lendemain, si libéralement crédit, tout ce petit
monde de quartier escomptait, vous n'en doutez
pas, l'aubaine de cet héritage providentiel...

MADAME MULOT.

Certes !...

RICARD.

A l'égard de tous ces braves gens, vous avez con-
tracté des engagements matériels et qui, plus est,
d'honneur... Oui, d'honneur... Car, honnêtement,
vous n'avez pas le droit de vous y soustraire...

MADAME MULOT.

Non !...

RICARD.

Vous voyez bien, belle-maman, que nous sommes

d'accord... Et puisque c'est aujourd'hui le dernier
jour, il est nécessaire, indispensable, que tout à
l'heure, dans un instant, monsieur Mulot, bon gré,
mal gré, avale la pilule... (Sur un geste de madame
Mulot.) La pilule dorée !... (Entendant du bruit du côté
de la chambre de Mulot.) Silence !...

SCÈNE III

Les Mêmes, MARIE.

MADAME MULOT.

C'est toi, mon enfant ?

MARIE.

Oui, mère... (A Ricard.) Bonjour, monsieur William !

Elle lui tend la main.

MADAME MULOT.

Comment est ton père ?

MARIE.

Il vient de s'assoupir... Il a bien souffert ce matin.

MADAME MULOT.

Crois-tu,... quand il se réveillera... qu'il soit en
état de supporter une grave conversation d'affaires ?

MARIE, vivement.

Oh non ! mère ?...

RICARD, intervenant.

Cependant...

MARIE.

Si vous saviez, monsieur William, quelle nuit

terrible a passé mon pauvre père !... Il m'a fait peur... Il se débattait contre les gens qui voulaient lui faire du mal, et, dans son délire, les yeux grands ouverts, il criait : « Non... non... jamais... grâce... pitié ! » C'est affreux !

MADAME MULOT, l'embrassant.

Ma chère fillette !

RICARD.

Oui... oui... mais maintenant, il sommeille, dites-vous... dans une heure il sera plus calme, et votre maman pourra lui parler. (Bas à madame Mulot.) Il le faut !... Allez auprès de lui, madame, Allez !...

Il la pousse doucement vers la porte de la chambre et l'y fait entrer.

SCÈNE IV

MARIE, RICARD, puis JUSTINE.

RICARD, revenant à Marie.

Marie !... ma chère fiancée... que je vous admire et que je vous aime !

MARIE.

Il faut m'aimer seulement, William !

RICARD.

Non pas !... depuis la maladie de votre père, pendant ces longs mois d'épreuve, je vous ai vue si remplie de courage, d'abnégation, que ma tendresse...

MARIE, l'interrompant.

Il est facile et doux de faire son devoir auprès de ceux qu'on aime !...

RICARD.

Vous êtes la meilleure des filles... vous serez la plus adorable des épouses !

MARIE.

William...

RICARD.

Et la plus adorée... (Il lui baise la main.) En vérité, quand je regarde en moi-même, je me demande bien souvent si je suis digne de tout le bonheur que vous m'apporterez.

MARIE, bravement.

J'en suis sûre,... moi ! William, je vous chéris... non pas seulement pour ce que je sais, pour ce que je vois... mais, plus encore peut-être pour tout ce que je devine en vous de loyauté, de désintéressement et de sacrifice...

RICARD.

Marie !...

MARIE.

Je ne suis pas bien... bien intelligente... c'est vrai ! Mais il ne faudrait pas non plus me prendre tout à fait pour une petite bête... Parce qu'on ne m'a rien dit, parce que je n'ai rien demandé, est-ce que vous croyez que je ne soupçonne pas ce qui se passe ici ?

RICARD, à part.

Que dit-elle ?

MARIE.

Oui... oui... monsieur le cachottier... Vos conciliabules avec monsieur Dumersan, vos tête-à-tête avec maman, ces démarches mystérieuses dont presque chaque jour vous venez lui rendre compte... tout cela ne signifie rien, n'est-ce pas ?

RICARD, embarrassé.

Mon Dieu !... s'il faut absolument vous expliquer...

MARIE.

Non... ne m'expliquez rien... Laissez-moi la douce joie d'avoir deviné toute seule ce que nous vous devons de reconnaissance...

RICARD, stupéfait.

De... reconnaissance ?

MARIE.

Puisque je vous répète que je sais tout... Tenez, mon ami... lorsque mon pauvre papa est tombé malade, nous n'étions pas bien riches, hélas ! Au bout d'un mois toutes nos maigres économies étaient épuisées... Un jour... jour bien triste et que je n'oublierai de ma vie, mon père eut une fantaisie de malade... Il désirait une grappe de raisin... Du raisin, en plein hiver, cela coûte cher, et c'est à peine s'il nous restait quelques sous... Et, alors... William, j'ai vu maman, ma chère maman, ôter de son doigt en pleurant, la pauvre bague d'or de son mariage. (Avec émotion.) Et voilà comment mon père, ce jour-là, put goûter à deux ou trois grains de raisin !...

RICARD.

Pauvre femme !

MARIE.

Oui... mais le lendemain, maman eut avec vous, William, une longue conversation, et, depuis lors tout a changé ici... comme par enchantement, plus de privations, plus de gêne, plus de soucis d'argent... Il semble, que d'un coup de baguette, un génie bienfaisant ait ramené dans notre pauvre maison la tranquillité, le bien-être,... presque la

fortune... (Elle regarde autour d'elle.) Tenez... ces
meubles nouveaux... ce beau tapis... ces grands
vases... tout cela, c'est son œuvre... et... ce bon
génie... je le connais... c'est vous !

RICARD.

Moi !...

MARIE.

Oui... C'est vous !... William... vous... qui, voyant
notre détresse, vous êtes entremis auprès de monsieur Dumersan... c'est vous qui l'avez décidé,
malgré son égoïsme, à nous consentir quelques
avances... C'est vous, enfin, qui n'avez pas hésité à
engager votre avenir pour vous porter garant envers lui de nos obligations, de toutes nos dettes,...
c'est vous...

RICARD.

Moi !...

MARIE.

Et je suis fière de vous... et je suis heureuse de
vous devoir tant de reconnaissance... et je pleure
de joie... et je vous aime !...

Elle tombe très chastement dans ses bras.

RICARD, l'embrassant au front.

Mon amie... ma fiancée... ma femme !...

JUSTINE, annonçant.

Monsieur Dumersan... (Il fait un signe à Marie qui
s'échappe en lui envoyant un baiser, à part.) A quoi servirait de la détromper, après tout... cela vaut mieux
ainsi !...

SCÈNE V

RICARD, DUMERSAN.

DUMERSAN.

Bonjour... est-ce bouclé ?

RICARD.

Pas encore.

DUMERSAN.

Qu'attendez-vous ?

RICARD.

Mulot est très bas.

DUMERSAN.

Raison de plus pour en finir... avant qu'il nous claque dans les mains..

RICARD.

Pauvre vieux brave homme !

DUMERSAN.

Ah ! ça... Ricard... Est-ce que, vous aussi, vous seriez un sentimental en affaires ?

RICARD.

Dieu m'en garde.

DUMERSAN.

Alors, mon bon, ne pataugeons pas. La situation est claire comme eau de roche... Nous avons signé un contrat.

RICARD.

Je sais...

DUMERSAN.

D'un mot, je vous en rappelle les termes... Employé jusqu'alors infime, il ne tient qu'à vous de devenir... mon *alter ego.*

RICARD.

Le jour où je vous apporte un demi million.

DUMERSAN.

Ces cinq cent mille francs,... vous les avez sous la main... La dot de votre femme...

RICARD.

Encore faut-il qu'elle soit constituée !

DUMERSAN

La belle raison!... Cela ne dépend que de vous...

RICARD.

Et de mon beau-père!

DUMERSAN.

Mulot ne compte plus!

RICARD.

N'empêche que tant qu'il sera là!

DUMERSAN.

Mais, sacrebleu!... Vous le tenez au collet, solidement... Donnez au besoin un tour de vis et vous aurez le bonhomme *a quia*... Le dilemme, par vous, a été bien posé pour lui!... Millionnaire ou banqueroutier... Le plan était ingénieux... Il vous fait honneur... sincèrement...

RICARD.

Merci...

DUMERSAN.

Et puis, je suis là, moi,... avez-vous besoin d'un coup d'épaule décisif?... J'ai avancé aux Mulot quelques milliers de francs... Faites un signe, en cinq secs... j'aurai hazardé toute la baraque...

RICARD.

J'espère que nous n'aurons pas besoin d'en venir à cette extrémité...

DUMERSAN

Soit !... Résumons-nous... Voilà quatre mois et plus qu'elle dure, cette plaisanterie... Finissons-en !

RICARD.

Aujourd'hui même, je vous promets une solution...

DUMERSAN.

Très bien, mon brave... Décidément, je ferai quelque chose de vous...

RICARD, souriant.

Votre... associé ?

DUMERSAN

Parfaitement.

SCÈNE VI

Les Mêmes, MADAME MULOT.

MADAME MULOT, entrant à gauche.

J'ai bien l'honneur de vous saluer, monsieur Dumersan.

DUMERSAN.

Serviteur, madame... Et notre malade, quelles nouvelles ?...

MADAME MULOT

Félix vient de se réveiller...

DUMERSAN.

Pourrais-je lui dire deux mots ?

MADAME MULOT, interrogeant Ricard du regard.

Mon Dieu... je...

RICARD.

C'est inutile, croyez moi, monsieur Dumersan...
Laissons agir madame Mulot... Tout ce qu'il faut
dire à son mari, elle le sait par cœur...

MADAME MULOT.

Oui .. oui...

DUMERSAN.

Soit... je n'insiste pas... une simple recommandation pourtant... Mettez-vous bien dans la tête, ma
chère dame, que l'heure est psychologique... qu'il
n'y a plus de ménagements de sensiblerie à garder...
C'est moralement une question de vie ou de mort...

MADAME MULOT.

Je sais... je sais...

DUMERSAN.

Bref !... Tranchez dans le vif...

MADAME MULOT.

Je vais lui parler... Je vais lui parler... Justement, tandis qu'on fera sa chambre, Félix va se reposer ici quelques instants... Entrez là... dans cinq
minutes, ce sera fini...

Elle ouvre la porte de la salle à manger où se retirent
Ricard et Dumersan.

DUMERSAN, sortant.

Si vous aimez votre mari... soyez sans pitié !...

RICARD, même jeu.

Courage !...

6.

SCÈNE VII

MADAME MULOT, MULOT, MARIE, JUSTINE.

MADAME MULOT.

Sans pitié !...

Un silence. Elle tire son mouchoir, s'essuie les yeux, pousse un long soupir et se dirige lentement vers la porte de la chambre de Mulot, ouvrant la porte.

MADAME MULOT.

Marie, vous pouvez venir... Fais entrer ton père...

MARIE.

Viens là, papa, ah ! vois, il y a justement un rayon de soleil.

Mulot entre soutenu par Marie et Justine. Il est très changé par la maladie et marche péniblement, à tous petits pas jusqu'à la chaise longue.

MARIE.

Etends-toi là, mon papa,... allonge bien tes pauvres jambes... Justine et moi, nous allons faire ton dodo pour que tu reposes mieux... Et maman restera auprès de toi... veux-tu ?...

MULOT, très faible.

Oui... oui...

MARIE.

Tu ne désires rien ?...

MULOT.

Si.. si...

MARIE.

Quoi donc ?

MULOT, lui tendant les bras.

Viens là... Je t'aime tant!...

MARIE, se jetant dans ses bras. Elle éclate en sanglots.

Oh! mon père... mon père!...

MULOT.

Eh là!... Eh là!... Fi, la vilaine qui pleure quand on lui dit qu'on l'aime...

MARIE.

Oh!... Pardon... Pardon!...

MULOT.

Pardon!... Tu me demandes pardon? Toi, ma fillette adorée... Pardon de quoi? Pardon de ton dévouement, de ta tendresse? Tiens, moi aussi... vois... j'ai les yeux pleins de larmes.

MADAME MULOT.

Allons Marie... Assez,... c'est assez... Tu vas impressionner ton père...

JUSTINE.

Mais oui... mademoiselle... soyez raisonnable.

MULOT.

Et qu'importe!... Laisse-la moi, Mélanie... Laissez-la moi, Justine... ces instants-là, voyez-vous,... ce sont ceux qui font aimer la vie... Il m'en reste si peu à passer, peut-être!...

MARIE.

Mon père!...

MADAME MULOT.

Félix!...

JUSTINE.

Oh! monsieur!...

Attendrissement général.

MULOT, se reprenant avec un effort.

Allons, c'est vrai... J'ai tort!... Je ne suis qu'une vieille brute de vous faire pleurer ainsi... et tout ça, par égoïsme... parce que ça m'est doux au cœur de sentir que vous m'aimez bien... (Repoussant doucement Marie qui le tient toujours embrassé.) Va, mon enfant, va...

Marie et Justine sortent.

SCÈNE VIII

MADAME MULOT, MULOT, puis MARIE.

MADAME MULOT, après un long silence.

Félix... mon bon Félix?

MULOT, qui a fermé les yeux et s'est presque assoupi.

Quoi?... ma bonne Mélanie?

MADAME MULOT, d'un ton dégagé.

Sais-tu quel jour du mois nous sommes?

MULOT, indifférent.

Ma foi non!... Je ne m'en doute même pas... Tu sais bien que depuis des semaines, ma pauvre vieille patraque de cervelle ne va plus guère,... en attendant qu'elle s'arrête tout à fait... Je vis, si on peut appeler ça vivre... dans l'inconscience,... Comme une bête. Quelle drôle d'idée tu as de me poser une question pareille?

MADAME MULOT, hésitant.

C'est que...

MULOT.

C'est que?...

MADAME MULOT.

C'est que voilà près de cinq mois déjà que tu es tombé malade.

MULOT.

Hélas!...

MADAME MULOT.

Et c'est aujourd'hui le 4 mars.

MULOT, vaguement.

Ah!

MADAME MULOT.

Oui... le 4 mars!... Ça ne te dit rien... cette date-là...

MULOT.

Rien.

Silence.

MADAME MULOT.

A moi non plus, d'abord... ça ne m'avait rien dit... et puis tout d'un coup... je me suis rappelé...

MULOT.

Quoi?

MADAME MULOT.

Je me suis rappelé... les instructions... du... notaire...

MULOT, tressaillant.

Hein?

MADAME MULOT.

Au sujet de...

MULOT.

De...

MADAME MULOT.

De l'hé... de la s... (Regardant Mulot dont la figure se

contracte.) Non... non... tiens... je ne veux pas mentir... J'aime mieux te dire la vérité... ce matin, je ne pensais à rien... J'étais comme toi, bien calme, bien tranquille... presque heureuse... lorsque Justine m'a remis une lettre... une lettre qui t'était adressée... En regardant l'enveloppe, j'ai vu qu'elle venait de l'étude de maître Letourneux... Alors... Pardonne-moi... pour t'éviter une émotion possible... je l'ai ouverte, et... la voilà !

Elle prend la lettre sur la table et la tend à Mulot.

MULOT, la repoussant du geste.

Tu sais bien que je ne peux plus lire... (Un temps.) Que dit cette lettre ?

MADAME MULOT.

Elle est bien convenable... Elle dit que c'est le dernier jour pour donner ton acceptation définitive... et que demain il serait trop tard.

MULOT, à lui-même,

Enfin !

MADAME MULOT.

Conséquemment... Un clerc va venir tantôt avec un papier tout préparé,... tu n'auras qu'à signer... sans t'occuper de rien autre chose...

MULOT.

Bien... merci, ma bonne. J'aurais préféré que tu ne me parles de tout ceci que demain, ou même jamais... Enfin, il n'y a que demi mal. Quand cet homme se présentera chez nous, tu lui diras, de ma part, qu'il est inutile de me déranger... Je n'ai pas de signature à lui donner.

MADAME MULOT.

Comment ?... mais alors !... Ton héritage ?

MULOT.

Mon héritage!... Je ne m'en connais pas...

MADAME MULOT.

Que dis-tu ?

MULOT.

Assez, ma femme!

MADAME MULOT.

Grand Dieu!... Mais tu ne comprends donc pas?...

MULOT.

Assez!... Assez!...

MADAME MULOT.

Ecoute-moi... Il faut que tu saches...

MULOT.

Non...

MADAME MULOT.

Il faut que tu saches... Entends-tu ? Tu n'as plus
le droit de ne pas savoir.

MULOT.

Tais-toi!

MADAME MULOT.

Cette succession...

MULOT.

Tais-toi!

MADAME MULOT.

Cette fortune que tu rejettes du pied... une autre,
près de toi, l'a, de fait, acceptée, déjà... Une autre...

MULOT.

Quelle autre ?

MADAME MULOT.

Moi!

MULOT, se levant.

Malheureuse !

MADAME MULOT.

Et toi... Toi-même... Tu en as vécu !

MULOT, retombant.

Misère de Dieu !... Moi !... Moi !... Comment ?
Qu'est-ce que tu dis ?... Deviens-tu folle ?... Parle...
mais parle donc !...

MADAME MULOT..

Ah !... Comme tu es pâle !... Ta figure est toute
décomposée... Ah ! mon Dieu, qu'est-ce que tu as ?

MULOT, lui prenant les poignets.

Parleras-tu, à la fin ?

MADAME MULOT.

Tu me fais mal... oui... oui... je vais parler... Je
te dirai tout... Tout... Seulement, calme-toi... ne
me regarde pas comme tu me regardes... Tu me
fais peur... Je vais te raconter bien doucement...
bien gentiment.

MULOT.

Va !...

MADAME MULOT.

Eh bien... voilà !... Il y a cinq mois, quand tu as
eu ta petite attaque... Tu sais !...

MULOT.

Va !...

MADAME MULOT.

Le docteur... Rappelle-toi ce qu'il a dit, le docteur... « Qu'il te fallait du repos à tout prix... et
des bons soins... et du bon vin... Et une bonne
nourriture réconfortante... et des toniques... et
que...

MULOT.

Va!...

MADAME MULOT

Et que, en un mot, tu ne te prives de rien... A ce moment-là, souviens-toi, Félix, nous n'étions pas riches... Oh! non... Même qu'un jour, si monsieur Dumersan ne nous avait pas payé ton mois d'avance, je ne sais pas ce que nous aurions devenus... Ces cinq cents francs là nous ont joliment rendus service, vois-tu.

MULOT.

Et puis ?

MADAME MULOT.

Et puis, dame!... Tout en vivant à l'économie, nous avons fini par les dépenser peu à peu.. Comme tu n'étais pas encore guéri, et qu'il ne fallait, pour rien au monde, interrompre ton régime... j'ai été bien forcée de m'adresser de nouveau à monsieur Dumersan.

MULOT.

Alors ?...

MADAME MULOT.

Alors... il a encore été gentil... moins pourtant que la première fois... Il a commencé par me faire de la morale au sujet de l'hé... de la... de la... chose... Il a dit que tu n'étais pas raisonnable de ne pas vouloir en finir... Il a crié que ça n'avait pas le sens commun. Il a juré que tu l'avais jeté dans le plus grand embarras en ne tenant pas de suite tes promesses pour sa banque... Il a affirmé qu'il était lui-même très gêné d'argent et qu'il ne pouvait pas continuer à nous faire des avances sans garanties.

7

MULOT.

Quelles garanties, bon Dieu, voulait-il que je...

MADAME MULOT.

C'est ce que je lui ai répondu en pleurant... Alors, il s'est radouci, il a réfléchi... Et il a consenti à me prêter, m'a-t-il dit, tout l'argent dont nous aurions besoin à condition que je lui fasse des reçus à valoir sur la fortune que tu allais bientôt toucher...

MULOT.

Et tu as signé cela?

MADAME MULOT.

Oui, Félix, j'ai signé cela...

MULOT, s'effondrant sur une chaise.

Malédiction !

MADAME MULOT, pleurant.

J'ai signé cela... Parce que je te voyais souffrir... J'ai signé cela... Parce que tu avais besoin de remèdes et de bonnes choses... J'ai signé cela... parce que je ne veux pas que tu succombes à force de privations et de misère... J'ai signé cela, enfin, parce que je suis ta femme et que j'ai vis-à-vis de moi-même, pour toi, charge de corps et d'âme !

MULOT, après un silence.

Qu'est-ce que tu dois ? Qu'est-ce que nous devons à monsieur Dumersan ?

MADAME MULOT.

Nous devons à monsieur Dumersan et... à d'autres, huit mille francs.

MULOT, étranglant.

Huit... mille... francs ?

MADAME MULOT.

Huit mille francs... En comptant tout... tout...
Ton vin de Bordeaux qui est dans la cave... Le tapis neuf... Les nouveux meubles... Ta chaise-lon-
gue de malade... Et les quatre mille francs que tu
as fait envoyer aux pauvres par le notaire... Pour
remplacer le prix de l'enterrement... tu sais?

MULOT.

Oh! c'est vrai!... C'est exact!... je n'avais pas le
droit de vouloir cela! même pas cela!

Il tombe presque sans connaissance.

MADAME MULOT, se précipitant vers lui.

Félix!...

MULOT, revenant à lui.

Ecoute, ma femme, ma brave et digne femme...
J'ai besoin de beaucoup de pitié...

MADAME MULOT.

Pourquoi dis-tu cela?

MULOT.

Oui... oui... je ne suis pas un vilain homme... Tu
sais... je suis un pauvre être faible et désemparé...
avec ce notaire, j'ai agi d'instinct... sans réfléchir...
j'ai péché par erreur... par inadvertance... aussi,
peut-être par orgueil!... alors, ce que j'avais fait...
tu as cru naturellement pouvoir le faire, toi. C'est
donc moi le coupable... Le seul coupable... C'est
ma faute... Je la reconnais... Pardonne-moi...

MADAME MULOT.

Je te jure...

MULOT.

Voyons... suis-moi bien... Tout n'est pas perdu...
Il est temps encore de réparer... Cette succession,

vois-tu... me brûlerait les mains... Si j'y touchais
du bout du doigt seulement, je mourrais de confu-
sion et de douleur... Et tu ne veux pas que je meurre...
Dis, ma femme... Dis... ma chère femme...

MADAME MULOT.

Mon pauvre homme adoré !

MULOT.

Eh bien... voici ce que nous allons faire... Prends
du papier.. Tu vas écrire à monsieur Dumersan pour
le prier de venir me trouver... Je lui parlerai,...
je lui expliquerai... je prendrai envers lui tous les
engagements qu'il voudra... Et, quand je serai réta-
bli,... quand je pourrai me remettre au travail...

MADAME MULOT.

Ton patron m'a déclaré ce matin que s'il n'était
pas remboursé immédiatement, il exercerait contre
nous des poursuites...

MULOT.

Oh !... (Un temps.) Voyons... Est-ce que Ricard ?...

MADAME MULOT.

C'est William lui-même qui m'a démontré que la
situation était sans issue...

MULOT.

Oh ?... (Un temps.) Ma sœur... Ma vieille Rosalie...

MADAME MULOT.

Ta sœur m'a refusé cent francs, il y a trois mois...

MULOT, désespéré.

Tout s'effondre !... Eh bien, non !... Il faut en finir...
Mélanie... Nous allons vendre ici tout ce qui nous
appartient. Les choses neuves, comme les anciennes.

MADAME MULOT.

Qu'est-ce que tu dis?

MULOT.

Avec le produit de cette vente... nous désintéresserons nos créanciers... Tous nos créanciers...

MADAME MULOT.

Jamais!... Bonté divine... Je ne veux pas... Je ne veux pas...

MULOT.

Pourtant cela sera!

MADAME MULOT.

Mais c'est affreux ce que tu veux là! Vendre tout... Mon Dieu seigneur!... Toi, si malade... que deviendras-tu?

MULOT.

Ne t'occupe plus de moi!

MADAME MULOT.

Egoïste!... Et ton enfant?

MULOT.

Attendez un peu... Elle et toi... quand je ne serai plus... la Compagnie d'assurances...

MADAME MULOT.

Tu blasphèmes!... Je te le dis, moi... Tu es un mauvais mari... un méchant père... Tu nous voues à la misère... au désespoir... alors qu'il serait si facile de nous sauver...

MULOT, éclatant.

Avec l'argent d'une prostituée...

MADAME MULOT, stupéfaite.

Ah!... Tu ne lui a donc pas pardonné?

MULOT.

Si j'acceptais sa honte... je n'aurais plus le droit
de l'absoudre...

MADAME MULOT.

Ainsi... parce que celle-là ne fut pas une honnête
femme... tu nous jettes tous les trois à la rue.. Toi !...
ta femme... ta fille !... ta fille, si innocente et si
pure !

MULOT, hoquetant.

Assez... assez... tu me déchires l'âme. Tu me cru-
cifies !... Va-t-en... laisse-moi. Laissez-moi tous...
tous... je veux être seul, mourir seul. Cet argent
que vous convoitez, je le méprise !... je le hais... je
le maudis !... Je n'en veux pas... non... non... je
n'en veux pas !

Il s'abat comme une masse au seuil de sa chambre.

MADAME MULOT, au désespoir.

Félix !... Félix !... Parle-moi ! Ah ! mon Dieu ! à
moi... au secours !... Félix ! Félix !...

Elle se baisse.

MARIE, ouvre la porte, et voit Mulot étendu.

Mon père ! ah ! mon père.

MADAME MULOT.

Du sang !... (Elle se relève.) A moi... au secours !...

SCÈNE IX

Les Mêmes, RICARD, DUMERSAN, puis MAITRE
LETOURNEUX.

RICARD, entrant, suivi de Dumersan.

Qu'y a-t-il ?

MARIE.

Mon père!... Evanoui!...

MADAME MULOT, vers l'antichambre.

Un médecin!... vite un médecin...

JUSTINE, accourant et traversant la scène.

Oui, madame, je cours, madame je cours!... mon
maître... mon pauvre maître!...

> Elle sort. Madame Mulot suit Ricard qui emporte Mulot.
> Dumersan reste en scène. Un temps. Entrée de Letour-
> neux.

LETOURNEUX, entrant.

J'avais tenu à venir moi-même... J'apprends...
que me dit-on!... Monsieur Mulot?...

DUMERSAN, à Ricard, sur le pas de la porte de Mulot

Eh bien!...

RICARD.

Une hémorragie!...

LETOURNEUX.

Diable... Diable!...

DUMERSAN.

C'est sa seconde attaque!... (A Ricard.) Restez auprès de votre malade, mon cher, allez...

> Ricard sort.

LETOURNEUX, à Dumersan.

Voilà qui compliquerait singulièrement les choses... Que ceci, mon cher financier, vous soit une
leçon... En affaire, les tergiversations...

DUMERSAN.

A qui le dites-vous? (A Ricard qui reparaît sur le
seuil de la chambre de Mulot.) Eh bien?

RIGARD.

C'est fini ?

DUMERSAN.

Mort!

LETOURNEUX.

Mort!

DUMERSAN.

Pauvre vieux bonhomme! C'était un excellent
caissier... (Un temps.) mais, dites-moi. mon maître,
cette fortune, dont héritait Mulot, n'échoit-elle pas,
dès ce moment à sa fille légitime ?...

LETOURNEUX

Elle est majeure ?

DUMERSAN.

Certes !

LETOURNEUX.

En ce cas la fille est substituée à tous les droits
du père évidemment, mais n'oublions pas que ces
droits à l'héritage expirent ce soir même.

DUMERSAN.

C'est-à-dire?

LETOURNEUX.

C'est-à-dire qu'avant une heure, une acceptation
en régle doit être déposée au greffe du Tribunal..

DUMERSAN.

Il n'y a donc pas une minute à perdre.

LETOURNEUX.

J'en avais apporté la formule toute rédigée...

Il la tire de sa serviette.

DUMERSAN, à Ricard, lui tendant la feuille.

C'est donc ici que mademoiselle Mulot doit appo-
ser sa signature... Vous saisissez Ricard ?

RIGARD, hésitant.

Mais...

DUMERSAN.

Sa signature... même *inconsciente*! (Sur un geste de Ricard.) Ah! mon cher, il y va du salut de tous!

RICARD, après hésitation.

Soit!... Donnez!

Il accepte la feuille de papier timbré, va vers la table, prend une plume, la trempe dans l'encre et pénètre dans la chambre mortuaire.

SCÈNE X

DUMERSAN, LETOURNEUX, RICARD.

DUMERSAN, avec un soupir de satisfaction.

Allons donc!... A quelle heure le greffe ferme-t-il?

LETOURNEUX.

A six heures... Nous avons tout juste le temps... Mais j'ai mon coupé en bas.

RICARD, entrant, et tendant la feuille à Letourneux.

Voici...

LETOURNEUX, examinant la pièce.

Parfait, absolument en règle!... Dès lors, ma présence ici n'ayant plus d'objet, il ne me reste qu'à prendre congé...

DUMERSAN.

Je vous accompagne... Vous m'offrez une place dans votre voiture ?

LETOURNEUX.

Bien volontiers.

DUMERSAN.

Merci... (A Ricard.) Demain matin, dix heures, à ma banque, sans faute...

RICARD.

Croyez bien que je serai exact...

LETOURNEUX, à Ricard.

A bientôt, jeune homme... Un mot encore. Vous voudrez bien être auprès de ces dames l'interprète ému de ma condoléance... Dites leur, je vous prie, dites leur en mon nom ce que je pense de celui qui est là et qui ne peut plus m'entendre... hélas !... C'était un honnête homme !

DUMERSAN.

Un honnête homme !

RICARD.

Un honnête homme !

LETOURNEUX, il va pour sortir, puis, remontant en scène, solennellement.

J'ajouterai même, entre nous, messieurs, ceci... Quand on a charge d'âme et de famille, on n'a peut-être pas le droit moral d'être honnête homme à ce point-là !...

DUMERSAN, s'inclinant.

Mon maître... vous parlez d'or !...

Rideau.

Imprimerie Générale de Châtillon-s-Seine. — A. Pichat.

www.ingramcontent.com/pod-product-compliance
Lightning Source LLC
Chambersburg PA
CBHW060828250626
47162CB00005B/1987